无疆的文学

世界的音符

尚书房

走向世界的中国作家

# 芳草地去来

鲍十 著

CHINESE WRITERS
WITH WORLDWIDE INFLUENCE

文化发展出版社
Cultural Development Press

**图书在版编目（CIP）数据**

芳草地去来/鲍十著．—北京 ：文化发展出版社，2016.9（2019.7重印）
ISBN 978-7-5142-1422-2

Ⅰ．①芳… Ⅱ．①鲍… Ⅲ．①中篇小说－小说集－中国－当代
Ⅳ．①I247.5

中国版本图书馆CIP数据核字(2016)第164816号

# 芳草地去来

鲍十/著

**出 版 人**：赵鹏飞
**总 策 划**：尚振山　曹振中
**责任编辑**：肖贵平
**责任校对**：魏　欣　　**责任印制**：杨　骏
**责任设计**：侯　铮　　**排版设计**：麒麟传媒

出版发行：文化发展出版社（北京市翠微路2号　邮编：100036）
网　　址：www.wenhuafazhan.com
经　　销：各地新华书店
印　　刷：三河市金元印装有限公司
开　　本：889mm×1194mm　1/32
字　　数：132千字
印　　张：7.25
印　　次：2016年9月第1版　2019年7月第3次印刷
定　　价：49.80元
I S B N：978-7-5142-1422-2

# 编委会

野　莽：中国作家，编辑家，出版家。作品被翻译成英、法、日、俄等国文字。国外出版有法文版小说集《开电梯的女人》等多部作品。主编有中、英文版“中国文学宝库”（50卷），中文版“中国作家档案书系”（30卷，与雷达），“中国当代长篇小说评点绘画本丛书”（15卷）及“中国当代精品文库”等大型丛书数百种。

安博兰：(Geneviève Imbot-Bichet)，法国汉学家，汉法文学翻译家，出版家。法国Éditions Bleu de Chine创始人。早年于台湾学习汉语，曾在法国驻华使馆（北京）任职。现为法国珈利玛出版社（Gallimard）中国蓝丛书负责人，法国“中国之家”文化顾问。曾翻译出版了大量中国作家的作品，其中最具影响力的有荣获法国三大文学奖之一——费米纳（Fémina）外国文学奖的《废都》。

吕　华：中国翻译家。曾任中央编译局中央文献翻译部法文处处长，中国外文局中国文学出版社副总编辑，中译法最终审稿、定稿人。对外翻译过三任国家领导人的文集。文学翻译有法文版长篇小说《带灯》以及大量中国当代作家如汪曾祺、陆文夫、贾平凹、韩少功、陈建功、刘恒、莫言、阎连科、周大新、王安忆、铁凝、方方等的代表作。

贾平凹：中国作家，书法家，画家。中国茅盾文学奖、费米纳文学奖、法国政府奖、美国美孚飞马文学奖获得者。作品被翻译成英、法、德、意、西、捷、俄、日、韩、越等二十多种文字。在国外产生影响的有英文版长篇小说《浮躁》，法文版长篇小说《废都》《土门》《古炉》等。

周大新：中国作家。中国茅盾文学奖获得者。作品被翻译成英、法、德、朝、捷等十多种文字。国外出版有法文版长篇小说《向上的台阶》等多部作品。由其短篇小说《香魂塘畔的香油坊》改编的电影《香魂女》获柏林国际电影节金熊奖。

尚振山：尚书房图书出版品牌创始人。出版有“中国名家随笔丛书”、“中国文学排行榜丛书”、“中国小小说名家档案”（100卷）等。

# 不仅是为了纪念

## ——“走向世界的中国作家”文库总序

野　莽

尚书房请我主编这套大型文库，在一切都已商业化的今天，真正的文学不再具有20世纪80年代的神话般的魅力，所有以经济利益为目标的文化团队与个体，已经像日光灯下的脱衣舞者表演到了最后，无须让好看的羽衣霓裳做任何的掩饰，因为再好看的东西也莫过于货币的图案。所谓的文学书籍虽然也仍在零星地出版着，却多半只是在文学的旗帜下，以新奇重大的事件冠以惊心动魄的书名，摆在书店的入口处引诱对文学一知半解的人。尚书房的出现让我惊讶，我怀疑这是一群疯子，要不就是吃错药由聪明人变成了傻瓜，不曾看透今日的文化国情，放着赚钱的生意不做，却来费力不讨好地搭盖这座声称走向世界的文库。

但是尚书房执意要这么做，这叫我也没有办法，在答应这事之前我必须看清他们的全部面目，绝无功利之心的传说我不会相信。最终我算是明白了他们与上述出版人在某些方面确有不同，私欲固然是有的，譬如发誓要成为不入俗流的出版家，把同行们往往排列第二的追求打破秩序放在首位，尝试着出版一套既是典藏也是桥梁的书，为此已准备好了经受些许财经的风险。我告诉他们，风险不止于此，出版者还得准备接受来自作者的误会，这计划在实施的过程中不免会遇到一些未曾预料的问题。由于主办方的不同，相同的一件事如果让政府和作协来做，不知道会容易多少倍。

事实上接受这项工作对我而言，简单得就好比将多年前已备好的课复诵一遍，依照尚书房的原始设计，一是把新时期以来中国作家被翻译到国外的，重要和发生影响的长篇以下的小说，以母语的形式再次集中出版，作为中国当代文学的经典收藏；二是精选这些作家尚未出境的新作，出版之后推荐给国外的翻译家和出版家。入选作家的年龄不限，年代不限，在国内文学圈中的排名不限，作品的风格和流派不限，陆续而分期分批地进入文库，每位作者的每本单集容量为二至三个中篇，或十个左右短篇。就我过去的阅读积累，我可以闭上眼睛念出一大片在国内外已被认知的作品和它们的作者的名字，以及这些作者还未被翻译的21世纪的新作。

有了这个文库，除去为国内的文学读者提供怀旧、收藏和跟踪阅读的机会，也的确还能为世界文学的交流起到一定的媒介作用，尤其国外的翻译出版者，可以省去很多在汪洋大海中盲目打捞的精力和时间。为此我向这个大型文库的编委会提议，在编辑出版家外增加国内的著名作家、著名翻译家，以及国外的汉学家、翻译家和出版家，希望大家共同关心和参与文库的遴选工作，荟萃各方专家的智慧，尽可能少地遗漏一些重要的作家和作品，这方法自然比所谓的慧眼独具要科学和公正得多。

当然遗漏总会有的，但那或许是因为其他障碍所致，譬如出版社的版权专有，作家的版税标准，等等。为了实现文库的预期目的，那些障碍在全书的编辑出版过程中，尚书房会力所能及地逐步解决，在此我对他们的倾情付出表示敬意。

2016 年 5 月 7 日写于竹影居

# 目录

不仅是为了纪念
——“走向世界的中国作家”文库总序/野莽

三合屯记事
1

芳草地去来
75

我的脸谱
148

鲍十主要著作目录
217

# 三合屯记事

## 开宗明义

开宗明义：这是一部由若干个短篇组成的中篇小说，所讲的故事都发生在一个村庄。

查中国各地，对村庄的叫法多有不同。有叫“村”的，有叫“庄”的，有叫“堡子”的，有叫“圩子”的，有叫“寨子”的。江浙一带多叫“浦”，陕西的部分地区叫“塬”，云贵地区有叫“坝”的，等等。而在东北，或者再具体一点儿，在黑龙江省，则多半叫“屯”。

我的家乡三合屯，是平原上的一个小屯子……

三合屯约有五十几户人家，二百多口人。五十几户人家住在三条街上：一条前街，一条后街，一条腰街。每条街平均只有十几户人家。人家虽少，街却很长，稀稀拉拉的，少说也有几百米，因为每家都有一个很大的院子。院子当然越大越好。院里除了鸡架鸭架猪圈狗窝，还有仓房和厕所。不过这些都占不了多大地方，最大还是菜园。菜园里种着黄瓜茄子豆角香菜芹菜西葫芦大倭瓜。几乎家家都是这样。总之，应时的青菜都是靠菜园来提供的。

在很长很长的一段时间，三合屯就是我生活中一切。而且这绝不是我一个人的认识，三合屯的每一个孩子都会这么想——这里有一个不能忽略的因素：那时候我们年纪太小，都没见过什么世面。

我总觉得自己稀里糊涂，根本不知道那些年是怎样过来的。有时候，感觉时间过得飞快，不知不觉间，天就凉了，天凉了不算，还下起了雪。有时候，时间又过得特慢，慢得就像太阳睡着了。慢得我一整天不知道做什么，只好在街上东游西荡。当年我总是赤裸着上身（皮肤被太阳晒得黝黑），只穿一条妈妈缝的大裤衩子，有时候连鞋都不穿，光着脚丫子，沿着大街走过来，同时眼睛四处撒摸着，见了鸡撵鸡，见了狗赶狗。

在已经过去的整个童年里，有一个问题始终困扰着我：我说不清自己该是个好孩子还是个坏孩子。我认为，这是一件很难办的事情。有时候，我特别渴望受到夸奖，为此我会显得特有礼貌，不论见到谁，一律彬彬有礼。有时候又觉得这无所谓，心想你们爱夸不夸，夸了我也不会多长一块肉。不过即便真的有人夸我，我也该做什么还做什么，有时候做好事，有时候做坏事，一切只看当时的具体情况了。

举个例子说吧。假如这时候看见有一头小猪正在拱谁家的院墙，我肯定会毫不犹豫冲过去，把猪赶走了不算，还要跑到主人家里，告诉对方发生了什么事。假如这时候碰见了一个小伙伴儿，对我说，走啊，咱们偷瓜去。我也会二话不说，屁颠儿屁颠儿地跟上去，而且很快就会进入情境，热烈地探讨从哪儿进去才能不被发现，一旦被发现了怎样逃脱。当然我们既有成功的时候，也有失败的时候，不过却从未被捉住过，尤其是在有我参加的情况下，这倒是个事实。

我当时就是这副样子，不仅不知道做什么，甚至不知道想什么。

值得一提的是，还在很小的时候，我就认识了三合屯所有的人。

这些人不论前街的后街的，也不论大人小孩子，或者老爷爷和老奶奶，反正没有我不认识的。而且，我不光认识他们的相貌，还认识他们的声音，认识他们的衣服，知道谁家和谁家是亲戚，知道谁家住在哪儿，他家有几间房子，知道谁是好打架的、谁有个好脾气，并由此推断出谁可以亲近，谁最好躲着点儿……这么跟你说吧，我熟悉三合屯就像熟悉自己的手掌一样，如果你想去谁家，我闭着眼睛也能把你领过去。

此外还有：

谁以前做过坏事；

谁是个活宝；

谁特别有本事，值得人佩服；

……

那时生产队还没解散，生产队有许多房子，叫队房子。每天除了胡闹，我最愿意到队房子来。队房子有正房和厢房，正房的中间有一个门洞子，被人叫作大门洞。大门洞走车又走马，没事儿的人都喜欢在这儿扎堆儿。我就属于那种没事儿的人。我愿意到这儿来的原因主要有两个，一是这儿有门洞子风，凉快，我曾经听过这样的话：门洞的风，拉满的弓；二是在这儿可以听到很多稀奇事儿，有的是我从未听过的事儿，有的则是三合屯近日发生的事儿。一有空闲，我就会跑到大门洞。来了先转动眼睛看看这儿都有谁，然后找个地方一坐。接着便听大家闲扯，谁说话时就把目光投向谁，绝对的专心致志，而且从头到尾一言不发。一直听到晌午，该回家吃午饭了，这才悄悄地站起来，撒腿朝家里跑去，跑得飞快，就像有人在后边追，一边跑一边回想刚才听到的事儿，觉得真是太有意思了。

下面，我就讲几个发生在三合屯的故事……

## 小薇的故事

小薇的故事可以顺着讲，也可以倒着讲（就是从结尾讲起），我想了一下，觉得还是顺着讲好一些——

既然这样决定了，首先我就要告诉你们，小薇姓胡，她家跟我家住在同一条街上。还有，小薇要比我小得多。我都八九岁了，她才被她妈妈生出来。

小薇出生的时候是个冬天。有一天夜里，我已经钻进热被窝儿了，小薇的爸爸突然跑到了我家的院子，一边“乒乒乒”地敲着我家的窗玻璃，一边喊我妈妈的名字，说他家的某某（就是小薇的妈妈）要生了，叫我妈去帮忙。我妈急忙穿上棉袄，拉开门就出去了。到了第二天早上，我妈才满脸疲惫地回来了，我听见我妈对我爸说，某某生了一个小丫头儿。以后的几天，我妈每天都要到小薇家里去，有一天还炖了一只鸡，装在一只搪瓷盆里，给她家端去了。后来有一天，我妈回来说，他们给孩子取名儿了，挺好听的，叫“小梅”。当时我特别想去看看这个“小梅”什么样儿，看看她长得好不好看，可我妈总是不让我去，每次我一提这个要求，我妈就说：“看啥看？快上别场儿玩儿去……”

好像过了没几天，最多也就一个多星期吧，也是在一天晚上，确切说是傍晚，因为我们刚吃完晚饭。小薇的爸爸又来到了我家（跟上次不同的是，这次他进了屋），一进屋，他就慌不迭地说，某某病了，发高烧，浑身直哆嗦，都快哆嗦成了一个蛋了。当时我爸也在家。妈和爸二话没说，就跟着小薇的爸爸去了小薇家。爸妈过去不久，就有人从生产队那边赶来了一挂马车，把小薇的妈妈抬到车上，拉着去了公社卫生院。听说这还是我爸的主意，他对小薇的爸爸说，人都这样了，赶紧上卫生院，晚一步恐怕就难说了啊！马车离开三合屯时，我来到了当街上，眼见它一溜烟地跑上了通往公社的大道。车上除了小薇的妈妈，还有小薇的爸爸和舅舅（她舅舅家也住在三合屯），还有另外几个帮忙的人，其中包括我妈。到了第二天，马车从公社回来了，小薇的妈妈也回来了，不同的是，离开的时候她是活着的，回来的时候人已经死了。

小薇的妈妈死了以后，她爸爸给她取了一个新名字——说是原来的名字不吉利——这个名字就是“小薇”。

我的有关小薇最早的记忆就是这么多，除此再就没有了。这可能因为我当时特别“忙”，几乎天天不着家，根本没时间去关心其他的事儿。好像偶尔也听到妈跟爸唉声叹气地说到她，有时候还会拿一些东西送给她，不过我都没往心里去。在我的意识里，那段时间，小薇好像被我删除了。我一点儿也不记得那期间我有没有见过她，甚至忘记了世界上还有这个人。这样过了好几年，可能三年也可能四年，有一天下午，我在屯子里闲逛，逛到小薇家跟前时，突然看见院门口蹲着一个小姑娘，一个挺小的小姑娘，穿着一件挺大的衣裳（不过我忘了什么颜色），衣裳的下摆都拖在地上了，手里抓着一块干粮，偶尔举起来咬一口。这让我动了好奇心——关键在于，我不认识她。我慢慢地走过去，站在她跟前。她早就看见了我，朝我抬起脸，眼睛里有一点点的疑惑，不用说，她也不认识我。

片刻，我问她："你是谁?"

她回答我说："我是小薇……"

声音细细的，说完向我笑了一下。

尽管有关她的那么多事情我都没有印象了，这次见面的情景我还记着。她当时说话的声音，还有她的模样儿，尤其是她的笑，我现在还能想起来，并且，每次想起心里都有种刺痛。比如此刻。

小薇瘦巴巴的，就像一只小鸡崽儿，脸色白白的，能看见上面一条条淡青色的血管，好像她的脸皮是透明的。

见我没走，她又反过来问我："你咋不走？你是谁?"

我说："我是生子……我今天没啥事儿，正四处溜达呢……"

她说："我也没啥事儿。我爸干活儿去了，他让我看家。我出来蹲一会儿，外边亮堂。我爸不让我四处走，他说回来给我烀土豆吃……土豆蘸酱，可好吃了，就是有点儿烫嘴。我昨个儿吃了一个煮鸡蛋，也烫嘴，我爸让我吹吹再吃，就像这样——‘噗、噗’……过大年的时候，我还吃了饺子。我吃了五个……不对，是六个……我爸夸我真能吃……”

她显出一副陶醉的样子。

我不以为然说：“饺子谁没吃过？我过年也吃了，比你吃得还多呢……”

她说：“那好不好吃？”

我老实说：“嗯，好吃，真好吃……”

她说：“你吃的是啥馅儿？我吃的是猪肉酸菜馅儿，吱儿……一咬直冒油……”

我没说话。我在回想饺子的滋味，可是有点儿想不起来了。

这时我听见从屯里的什么地方传来了吵嚷声，猜想又有热闹看了，便转身离开了这里，连招呼都没跟小薇打。

小薇一天一天长大了。

有时候，我会偶尔看见小薇。一般都是在街上，有时候看见她跟别的孩子一块儿玩，有时候见她一个人在街上跑。如果是一个人，她就会跟我打招呼，通常是朝我笑笑，如果正跟别的孩子玩，她就不会搭理我。当然我对此并不在意，因为我有自己的玩伴儿，自己的圈子，而且我们都有一种“大男人”

的派头，对那些比自己小的孩子根本瞧不起，对女孩子们更是不屑一顾——其实是不好意思“顾”。

偶尔，她也到我家来，她爸爸有时候会来我家串门，她会一块儿来。听我妈讲，我家和她家还有点儿亲戚关系，不过那是很久以前的事儿了，我姥姥跟小薇的姥姥，或者其他什么人，曾经是表姐妹或其他什么姐妹，按我理解关系挺远的，反正，我是一点儿不知道。有时候，是我妈把她带回来，妈在街上碰见了她，或者家里有了好吃的，或者有什么东西要送她，就会把她领到家。要是来吃好吃的，吃完了还要给她带一些，盛在盆里或碗里，有时怕她拿不了，妈就让我帮她拿。

小薇那年五六岁吧，跟一般大的孩子比，显得瘦小一点儿，衣裳总是不合身儿，显得有点儿大。脸上倒是有了一点儿红晕。头发毛茸茸的，看去有点儿发黄。平常不怎么爱说话，多半是默默地站在那儿，身子倚在墙上，或者倚着炕沿，眼睛悄悄地看着你，似乎很乖巧很懂事儿，还有一点儿害羞。要是问她什么话，一定很仔细地回答你。声音总是细细的，就像一根蛛丝。有时候说话很快，要等到一句话说完，才会长长地喘一口气。每次她从我家离开，我妈几乎都会悄悄地说一句，唉，可怜见儿，多好的孩子，这么小就没妈了……

可是，据我观察，小薇对她的妈妈，好像没有什么依恋。想想也是，她可能对她妈妈一点儿印象都没有，因为她从没见过她妈妈的面，连照片都没见过，因为她家根本就没有照片，不光没有她妈妈的照片，也没有她爸爸的照片，谁的照片都没有！

小薇的爸爸叫胡立波，可不知怎么，三合屯的人都习惯把“波”念成“泼”，这样一来，他就成了胡立泼。我管胡立波叫胡叔。胡叔是生产队的社员，人长得很憨厚，在我印象里是个很能干活儿的人，年年能挣挺多的工分儿。个头儿跟我爸爸差不多。从前，就是小薇的妈妈没死那会儿，看上去很年轻，这几年却不行了，好像老了好几岁，一天天无精打采的，话也越来越少，每次来到我家，就往凳子上一坐，不哼不哈，一脸的沮丧。有一段时间，听说别人在帮他找媳妇，我们那儿叫“续弦”，可不知为什么，总是续不上，好像不是他嫌人家就是人家嫌他——这种事儿挺复杂的，谁也没法儿说清楚。有段时间，听说他跟孙宝财的媳妇“发生关系”了（当地把这种事儿叫作“搞破鞋”），说他动不动就往孙宝财家里跑，还给孙宝财的媳妇买过花布——这事儿我倒不曾亲眼见过，因此说不上是真是假。有一次，我曾经听到我爸我妈议论他，说他这样不是毁名声吗？我妈让我爸劝劝他。我爸有点儿为难说，这种事儿怎么劝？我妈说，你识文断字的，劝人还不会？到时候我帮你敲边鼓。我爸说，我看他也挺难的。我妈似乎有点儿生气说，你还帮他开脱？他这样就更不容易结婚了……至于我爸到底有没有劝他，那我就不知道了，我当时肯定没在场。

不过，听说他对小薇还是挺好的，不管多忙，也要先给小薇做好了饭，还常常上供销社给她买糖球儿，还帮她梳头发，有时候梳着梳着，还会悄悄地淌眼泪，肯定心酸得不行。

唉……

后来，小薇还上学了。这当然是一件好事儿，我很为她高兴。听我爸说，她学习还挺用功的，脑袋也够聪明。

这期间，我一直在读书，小学毕业，中学毕业，恢复高考后，又幸运地考上了省城的大学。在上大学那几年，有关小薇和她爸爸的事儿，我就所知不多了。见面更是非常少，似乎只有一两次。

那几年也发生了两件对小薇很重要的事儿。一件，是小薇考取了镇上的初中，听我爸说，名次还挺靠前。再一件，是小薇的爸爸终于找到一个寡妇，跟她续上了弦；然而糟糕的是，两个人一块儿过了不到三年，就又离婚了，据说原因是那个寡妇好吃懒做，还明里暗里苛待小薇，跟她一起过来还有两个“浑不愣”的男孩子，他们动不动就跟小薇打架，把小薇气得直哭。

这样到了 1983 年，那年我 24 岁，这时我已经大学毕业参加工作了，工作单位就在省城，而且谈了一个女朋友，正在考虑结婚的事。这年初秋，我有事儿回家。因为那年雨水大，客车临时改变路线，我必须在另外一个屯子下车，然后步行回到三合屯。我下车的屯子叫谢家岗，离三合屯大约五里路。从谢家岗到三合屯有一条近路，需从屯里横穿过去。屯子很安静，街上有些鸡鸭。在走到屯子中间时，我看见一户人家的院门口儿站着一个人，背对着我，看衣服是个女的（记得是一件碎花布的小褂儿），脑后扎了一个马尾辫，看身架很单薄，两个肩膀也颇瘦削，就像一个中学生。当时我心里就有点儿划魂儿，感觉这个人似曾相识，然而我当时并没多想。

随着脚步的移动，我离她越来越近，她的样子也越来越清晰，窄小的臀部、垂在身体两侧的手肘、半露的脖颈以及张开的耳郭，都看得很清楚了，相识感也越来越强。这时候，她大概听到了脚步声，因此慢慢地转过了脸，又转过了身体——先转过脸，后转过身体……我立刻就认出了她是谁。这是小薇！我当即吃了一惊。小薇也认出了我，她腾地一下就红了脸。让我更吃惊的是，她的肚子居然挺得那么高，挺得衣服的前襟都翘起来了，几个纽扣绷得紧紧的，缝隙处还露出了一块儿一块儿白白的肚皮，白得扎眼。我当即就想到，哦，她这是怀孕了！一定是怀孕了！

这时候，小薇叫了我一声："大哥……"她声音很细。这声音里有意外，有欣喜，有羞怯……

不知为啥，这情景让我想起了很久以前，我在她家院门口见到的那个小女孩，很小很小的小女孩，脸色白白的，她还说“外边亮堂”……

我缓过神儿来说：“你这是……你怎么在这儿?!”

小薇停了一下说：“我结婚了……就住这个屯子……”

我心里突然抽搐了一下，说：“啥时候的事儿？你不是……还在上学吗?”

小薇说：“今年正月……我退学了……”

我迅速计算了一下，她当时可能只有16岁，年纪这么小，就结婚了，还怀了孕……于是我说：“怎么会这样？是不是出啥事儿了?”

听我这样说，小薇一下就红了眼睛，声音也突然有点儿哽咽，说：“我爸……得了肾病，要住医院透析……家里没钱……”

我着急说：“那就借啊！也不至于……”

小薇说：“借了，你们家也借了，全屯子都借了，有的不愿意借给，不够……后来，他们家就听说了，就托人来保媒，说他是这屯子的队长，媳妇死了，有钱，可以多过彩礼……”

在我们说话的当儿，从院子里走出了一个中年男人，大约三十岁左右，矮墩墩的，但很结实，一边走一边打量着我，眼光有点儿阴沉。一看见他，小薇立刻不说话了。男人走到我们跟前，认真地看了我一眼，对小薇说：“这是谁呀？咋没见过?”

小薇说：“我们屯子的，在省里念大学呢。”

男人说："听说过，听说过……那进屋坐会儿吧……"

我未置可否。我相信他听说过，那件事儿一度很轰动，恢复高考后，我是那一带第一个考上大学的人。

男人并不勉强，转而看了小薇一眼，却没说话，然后便转身离开我们，重新走回了院子。我看着他宽厚的后背，又看看身材单薄的小薇，脑子里突然冒出了两个字：蹂躏！

我在前边说过，小薇的故事可以顺着讲，也可以倒着讲。如果倒着讲，我打算就从 1983 年的初秋，亦即此刻，讲起……

## 现在来讲老林头

现在来讲老林头……

老林头有个外号，叫林大个子。当时三合屯有两个被称作"大个子"的人，另一个叫陈大个子。据我观察，老林头比陈大个子还要高一些，就是说，他是三合屯身材最高的人。

我承认，我跟老林头并不熟悉。印象中顶多在街上见过几次面。可能因为个子高吧，他走路总是摇摇晃晃的，而且总是慢悠悠的，不过，步子却迈得很大。如此说来，他走路并不一定真的慢，很可能只是给人慢的感觉。

还有，在我的印象里，他一直有点儿让人害怕，因为他总是板着个脸，好像从来就没看见他笑过，连微笑都没有。似乎，我也从未听见他说过话。我倒是听见过他咳嗽，那次他可能是感冒了。当时我在街上走，迎面碰到了他，就在我们即将擦肩而过的一刹那，他突然剧烈地咳嗽起来，“咳、咳、咳”，声音大极了，简直就像打雷，吓得我立马就站住了——仅仅站了一瞬，然后撒腿就跑。

关于老林头，屯里有好多的说法儿。

一个是说他怕老婆。他老婆叫老林太太。我听说老林太太是个小脚老太太，说她小时候缠过足。可我从没见过老林太太的脚，所以只能说“听说”。他们还说，老林太太的鞋里总是塞着很多棉花，不然就没法走路（她走路总是颤巍巍的，仿佛时刻都有摔倒的危险，这我倒是亲眼见过）。他们说，老林头每天晚上都要给老林太太洗脚。说他在生产队干了一天活儿，不管多累，临睡觉之前，总要烧一锅温水，给老林太太洗脚。说在洗脚之前，还要先帮她脱鞋脱袜。然后再把她的脚搬进水盆，用手轻轻地揉搓。说他那么大的个子，天天都要蹲在地上，那么掘腰挖腚的，也不觉得难受。还说老林太太脾气不好，要是不小心把她弄疼了，她立刻就会挥起手里的烟袋杆，劈头盖脸地一顿打，他却连个屁都不敢放，还连声儿说：“我以后小心点儿，啊，我小心点儿……”讲这事儿的人常常是边讲边笑，没个正经样子，让人拿不准是真是假。不过，老林太太确实有一根大烟袋，一根长长的烟袋杆，一个黄铜的烟袋锅儿，在街上走路时就把烟袋放在臂弯里，就像妇女抱孩子那样，这也是我亲眼见过的——这样说来，也许那就是真的了。

他们还说，他家的所有事情都是老林太太说了算，哪怕是买二分钱的醋，包括中午吃啥饭，包括这一天要穿什么衣裳，反正，只要是老林太太决定了的，他是一概不敢反驳，只有遵照执行的份儿。

有关老林头怕老婆的事儿，三合屯无人不知无人不晓；且人人都把这事儿当成笑话，想起来就在那儿说一说，一边说一边嘻嘻哈哈地笑。

第二是说他不爱搭理人。说他不爱跟别人说话，平常喜欢一个人在那儿待着。说他有一个一拃长的小烟袋，别人说话时，他就在旁边吧嗒吧嗒地抽烟。如果你一定要跟他说话，他肯定用最简单方式回应你，说声“是”或者“不是”。队长派活儿时也是派他干啥他就干啥，干啥他都不在乎。他还很少——几乎从不——到别人家串门，假如家里有事要跟人交涉，都是由老林太太出面。有到他家来串门的，他也一点儿不热情，最多朝你点点头，就忙自个儿的事儿去了。每天一收工就马上回家，到家后就跟老林太太一起做饭，或者去侍弄菜园子。

第三是说他会打枪。有关他会打枪的说法，一直比较模糊。有人说，他不仅会打枪，枪法还特别准。据他们说，他打枪连瞄准都不用，百步开外的东西，哪怕是一只麻雀，他也抬手就打。他们对他打枪的姿势也有描述，说他总是侧身而立，手握枪把，手指扣住扳机，发现目标后，立即将枪管向上一抬，枪响过后，猎物肯定应声而落。而问题的关键在于，谁也不曾见过他打枪。反正我是没见过。我问过我爸，他也说没见过。我还问过那些说他会打枪的人，他们也说没见过。因此，这件事儿还不能确定。

不过，我倒是见过他背枪的样子。背的是那种最最普通的老猎枪，我们那儿叫“洋炮”，现在可能已经没有了。这种枪非常简单，下边是一个木头做的枪把子，上边装了一根黑黝黝的铁管，粗细与一根蜡烛差不多，放枪之前先要往枪管里装火药，之后再装上铁砂子（其实是铅铸的霰弹）。他背枪的样子就像学生背书包，一根带子斜挎在胸前，把枪杆放在身后。枪是生产队发给他的，因为他给队上“看青”。

为什么要给看青的人发枪呢?

一入秋，各种庄稼都即将成熟。尤其是苞米，早已坐成了棒子，拿到家里一煮（也可以用火烤），吃起来特别香甜。另外还有黄豆，这时也结了荚，半熟了，捋几把揣进口袋，回家用水焅焅，剥开了吃，又好吃又有营养（现在饭店有卖的，被叫作毛豆）。另外，各种野牲口也会在这时候“祸害”庄稼，獾子狐狸什么的（我倒从没见过）。看青，就是看这些半熟的庄稼。既要防人偷，也要防野牲口祸害——不过，我总觉得，那枪就是装装样子，是用来吓唬人的，因为我从来就没见他放过，也没听见过枪响。

要说我对老林头的印象，最深的可能就是“看青”这件事了。记得有好几次，我看见他背着枪在街上走；再就是有几天早晨，在上学的途中，看见过他身穿雨衣，小腿上绑着防露水的黄帆布，浑身上下湿漉漉的，蔫头耷脑地从野外回来。那时候我就知道，看青是一件很辛苦的事儿，他们主要在夜间活动，必需胆儿大，还要有责任心，不能偷懒儿，所以一定要找可靠的人。

有关老林头，除了上面说到的，我就再不知道什么了。

哦，对了，关于老林头，我还知道一件事——当然这也是我听说的——他家不是三合屯的老户，是从别处搬来的。

……

后来有一天，老林头自杀了。

这件事我倒记得很清楚。

那是1966年，那年我7岁。当时正是冬天，没几天就要过年了。那天天气特别冷。那会儿妈妈正在做早饭，因此屋里飘着一层淡淡的水汽。我睡在我家的北炕上，虽然已经醒了，但还赖在热烘烘的被窝里不想起来，在那儿瞪着眼睛想心事，无非是想今天去哪儿玩，玩什么，要找谁……一时拿不定主意。这时爸爸进来了，还带进来一身的寒气，他一边往下脱外衣一边对跟进屋来的妈妈说："老林头上吊了……"

妈妈似乎没反应过来，说："谁？你说啥？"

爸爸又说了一遍道："老林头昨晚儿吊死了，今天早上发现的，在学校的小茅楼里……"

妈妈倒吸了一口凉气说："啊?!"

跟妈妈一样，刚听到这个消息时，我也没反应过来。我首先在脑袋里想了一下老林头这个人，然后想到了"上吊"这个词的特殊含意。待把这一串东西联系到一块儿，我才明白了这件事的意思。我还想到了学校的"小茅楼"。在我们那儿，所谓茅楼就是厕所。应该说，那是我特别熟悉的地方，简直说不上多少次，我在那里撒过尿，当然也拉过屎。

"为啥呢？他这样……"一会儿妈妈问。

"不知道……"爸爸说。

爸妈的神情好像都挺凝重。

我赶紧起来穿衣裳。我心里鼓鼓捣捣的，充满了好奇，同时又隐约有一点儿恐惧，反过来，恐惧又加强了好奇。这会儿，我已经知道自己今天该做什么了。

我急匆匆地扒了几口饭，抓起狗皮帽子胡乱往脑袋上一扣，抬腿就朝门外跑，临出门时妈妈好像说了一句话，我

“啊”地答应了一声，她说的什么我根本就没听清。

那天确实冷得很，一出屋门，就觉得脸上唰的一下，仿佛被“烫”着了。

我一出家门就朝小茅楼那儿跑，开始速度非常快——就像射箭一样，在快到小茅楼跟前时，却不知不觉地慢下来，由跑变成了走，心里也有点儿打鼓，感觉阴森森的，有那么一刹那，甚至不想去了，可不去又不甘心……这样迟迟疑疑的，我还是凑了过去。

小茅楼在屯子西南角的一个沙土包上，地势略高一点儿。还没到小茅楼跟前，我就看见那儿聚了一些人。我最先看到了老林太太，她好像是在地上坐着，因为我同时还看见了她的脚，不，确切说是她的鞋，竖立在她的身前。她的身后是林凤明和林凤国，还有林凤祥（都是老林头的儿子）。林凤明和林凤国半跪着，用肩膀扛着老林太太的脑袋，林凤祥站在旁边。除了他们几个，其他就都是屯子里的人了，其中有几个老头，也有几个妇女。包括老林太太在内，所有人都在距离小茅楼十步以外的地方。只有民兵排长袁贵站得离小茅楼最近，差不多就在门口，身上还背着步枪，好像在那儿站岗——后来我听说，他确实是在站岗，我还听说，他们正在等公社保卫组的人，等他们干啥呢？不知道。

一会儿我也来到了人群里，眼睛四处撒摸着。我再一次看见了老林太太，她确实在地上坐着，眼睛张得大大的，眼珠儿却一动也不动，眼睛下边还有几片亮晶晶的冰碴儿，我猜可能是眼泪，流出来就在那儿了冻住了。嘴巴也张着，好像喘不上来气的样子，看去就像一个黑窟窿。看见她的样子，我心里立刻蹦出了一个想法：天儿这么冷，她会不会觉得冰屁股啊？

我也再次看见了其他的人，就是那些老头儿和妇女们，他们倒是站着的，每个人都在朝小茅楼张望，不过都默不作声，每个人的神情也不一样，有的是好奇，有的是关切，有的是木然，有的是小心翼翼。我还悄悄向袁贵那儿凑过去，想仔细看看他身上的枪，顺便再看看小茅楼里有什么“情况”，可是还没等我走近，他就一边不停地“倒腾”脚一边凶巴巴地对我说：“一边儿去！不得把你抓起来！”把我吓得一激灵，赶紧站住了。

过了一会儿（具体说不上有多久），突然就来了两个人。两个人都骑着嘎嘎新的“永久”牌自行车，身穿蓝制服，头戴羊剪绒的帽子，帽耳上挂着白霜。两个人一个年纪大些一个是小青年儿。两个人我都不认识，不过我立即就猜到了他们是“保卫组”的。两个人一直把自行车蹬到人群跟前，才一骗腿从车上跳下来，又把车子支好。他们一边朝人群这边走，一边咋咋呼呼地问（当然，说话的只是一个人）：“操！人呢？人在哪儿？队长在不在……”一看见他们，袁贵马上就噔噔地迎上去说："啊，同志！人还在小茅楼里挂着……队长在家呢，我这就让人去喊……"说话的同时朝小茅楼看了一眼。保卫组的人也跟着朝小茅楼看了一眼，随即说道："操！这大冷的天儿……他可真会选时候……"

队长很快就来了。队长名叫于发，身穿一件羊皮袄，可能走得太急了，"吭哧吭哧"地喘着粗气。见到保卫组，先给两个人各递了一根烟卷，还划根火柴给点着了。我猜他们会有话说，马上悄悄地凑了过去。果然，我听见于发说："看这事儿……早上一发现我就叫人守住了，我知道不能破坏现场，就怕还有别的说道儿……"接着听见保卫组里那个年纪大点儿的人说："有没有啥说道儿我们看看就知道了。他……我是说死鬼……最近有啥不对劲儿的地方吗?"于发把手伸进帽子，在脑袋上抓了几下，说："没啥啊！好像没啥！那是个蔫货，一年到头儿也说不了几句话，看不出他一天天的寻思啥。干活儿也特踏实，你让他干啥他就干啥，从不挑拣……"保卫组的人又说："那他最近跟没跟谁拌过嘴？包括他家里人。"于发说："没有没有。我刚才不是说嘛，这家伙囊得邪乎，就是你平白踢他一脚，他也连个屁都不放。要说他家里，我就不知底了，我倒是知道，这家伙怕老婆，呵呵……"说到这儿，于发还情不自禁地笑了一声。保卫组的人瞟了于发一眼，说："这年头儿，净出这种没头没脑儿的怪事儿……好了，咱们过去看看他吧，看一眼就啥都明白了……”

现在我也明白了，叫保卫组来的目的，就是让他们看看老林头是不是别人杀死的。

于发领着保卫组的人朝小茅楼走过去。保卫组的两个人一边走一边戴上了一副白手套。

站在小茅楼旁边的那些人也都聚过来，想看个究竟，袁贵把他们拦住了，说：“别过来别过来……谁也不许过来！”

保卫组的人和于发转眼就从小茅楼里出来了。

保卫组中那个年纪大点儿的人对于发说：“自杀。一看就是自杀。没事儿了，叫人把他放下来吧……”说话时往下退着手上的白手套，退下来往地上一丢。那个年轻一点儿的像他一样，也把白手套退了下来，也往地上一丢。

保卫组的人很快走到了自行车跟前，右腿往车上一骗，骑上走了。于发还喊了一声：“这么急呀？吃了晌午饭再走吧！有酒呢……”他们也没搭理他。

这当儿，于发麻溜儿捡起地上的白手套，对着摔打了几下，说：“唉，这么新的手套……”迅速揣进了衣兜，随即大声对袁贵说：“听见他们说的了吧？把他放下来吧！先放下来，别的事儿以后再说……”

听见于发的话，众人，包括老林太太、林凤明、林凤祥、林凤国，立刻就朝小茅楼拥过去。我也跟着拥过去。老林太太和那三兄弟拥在最前面。等拥到小茅楼的门外时，一件我没想到的事情发生了：老林太太扑通一下跪在了地上，放开喉咙大喊了一声："你这个挨刀的啊——"然后就昏了过去。

……那天我还看见了挺多事儿。然而最最重要的，给我留下最深印象的，还是看见了老林头，已经死去的老林头……

那是我第一次看见死去的人！

我心里"咚"地一响。

不知为什么，我最先看到的居然是那根绳子。那是一根小指粗细的麻绳，从小茅楼的房梁上挂下来，绷得溜直。然后我才回头看他的身子。哦，他显得那么大，大得把小茅楼几乎占满了。而且，他的个子也好像变高了，不，是变长了，长得两只大脚都耷拉到了下面的屎坑子里（我注意到，他的鞋尖儿已经碰到了屎坑里边冻成一坨的屎尿）。接着我又看他的脑袋。他的脑袋就套在那根麻绳里，脸朝下，就像低着头。他的脸胀鼓鼓的，就好像突然变胖了，脸色既有点儿青又有点儿紫（说不上是青是紫）。嘴巴半张着，从里面露出了半截舌头，黑乎乎的，就像叼着一块肉。随即，我又看见了他的两只手，从棉袄袖子里伸出来，垂在身体的两侧，看去光溜溜的，其中一只手半蜷着，另一只则五指叉开，好像极力要抓住什么。除了上边说的，我还发现，他的裤裆结着冰——我猜那是他尿的尿，尿出来就冻住了……

可能是因为那天天气太冷，也可能是老林头把我吓着了，当天晚上我就病了，发烧、头痛、出冷汗、上吐下泻，夜里还没完没了地做梦，梦见的都是特别吓人的事儿，而且多半跟老林头有关。比方说，梦见他背着洋炮在街上走，走着走着突然把枪摘下来了，对着我就放，我眼见一个大大的火球喷出枪口，向我迎面扑来。有一次还梦见他摸我的脑瓜顶，就用他那双光溜溜的手，还一边摸一边说，你这头发可真软和呀！真软和呀！还有一次，我梦见在街上碰到了他，他满脸惊慌，好像遇到了什么特别吓人的事儿，也像有泡屎憋不住了，眼睛紧紧地盯住我，声音哆哆嗦嗦的，对我说，生子生子，快！告诉我，小茅楼在哪儿？小茅楼在哪儿?！小茅楼，小茅楼……我在梦里慢慢地想着，后来突然意识到了什么，我“啊”地大叫一声，一下醒了过来……

我那次病了好几天，最后总算好了。不过，老林头的影子却总是在我眼前晃来晃去，让我心有余悸。那以后的好长时间，我都会动不动就想起他来。有时候我会想，他为啥偏偏要去小茅楼呢？那儿那么埋汰。有时候我还会想，那麻绳勒住他脖子的时候，他会不会觉得痛？有时候，我会想起他裤裆上的冰，想他在撒这最后一泡尿时会有啥感觉。有时候我会想，好好的他干吗要上吊呢？

……

关于老林头为什么要上吊，一直是我很关心的事儿。主要是我好奇啊。可我却一直也没弄明白。为此我还有意去接近林凤祥（他比我大几岁），找他一起玩儿，目的嘛，就是想从他那儿探听到一星半点儿的消息。记得有一次，当时已是春天了，我们在西小坝（一条引水渠）下面的一片荒地上挖苣荬菜。挖着挖着有点儿累了，就坐在一个土坎上歇着。我先是跟他胡诌八扯了一通，扯着扯着我对他说："哎！林凤祥你说说，你爸他为啥要上吊？是不是跟你妈打仗了？"林凤祥愣了一下，拿眼睛看着我。我以为他在想怎么说，便眼巴巴地看着他，心里充满了期待。不料他看着看着，突然挥起拳头，一下砸到了我的肩膀上，吓得我拎上菜筐起身就跑，把刚挖的苣荬菜撒了一地。转眼跑出了几十步，回头看看他并没追上来，才气喘吁吁地停下来……以后我就再也没有问过，不敢再问了。

当然，我后来还是听到了一些说法。那是偶尔听大人们闲唠嗑儿时说的。说老林头以前当过胡子（就是土匪）。还说老林太太原是他们胡子头儿的压寨夫人，后来胡子头儿被打死了，她这才跟了老林头。不过我也听到了另一种说法，说他根本不是胡子，而是一个大地主家的炮勇，专门给地主看家护院，住在地主家的炮楼上。说老林太太是地主家的小姐，就因为老林头枪法准，也因为他个子大，就喜欢上了他。说你看她整天抱着一杆大烟袋，还有她那双小脚，还有天天都让老林头给她洗脚，像不像一个地主家的阔小姐？其中最重要的说法是：老林头手里有人命。说在他当胡子的时候（也有说是他当炮勇的时候），曾经打死过人。说他枪法那么好，打死个把人还不容易！说他一共打死了两个人，而且是一枪打死的，这叫串糖葫芦。

按人们的说法，老林头这是畏罪自杀。说他躲了这么多年，还想接着躲的，可是运动来了，知道躲不过去了，就自杀了。他们说，其实他是吓死的。有个人还拍着胸脯信誓旦旦地说，在老林头临死的前几天他就看出他不对劲儿了。说他亲眼看见，在夜深人静的时候，老林头曾经一个人绕着屯子瞎走。说他就像一匹磨道上的驴，倒腾着两条长腿，围着屯子转圈儿。走一会儿停下来，在那儿发一阵子呆，还要叹几口气（我想到了一个成语：走投无路）。说他那些日子就像一只被逮住的狐狸，给装进了铁笼子，四周全是人的眼睛，没处躲也没处藏，急得眼睛都绿了，就在笼子里乱窜（我又想到了一个成语：焦躁不安）。有好几个人都说，在老林头死之前的那些日子，他整个人就跟傻了一样，谁要是有事儿叫他一声，他保证冷不丁一哆嗦，眼睛骨碌骨碌地看着你，就像一只吓坏了的兔子。说他那么有力气的人，刨粪堆的时候（当时年年冬天都要积肥）却连镐都抡不动了，一镐下去顶多刨出个印印，就好像得了什么病，一种没力气的病，病得还挺邪乎……

记得当时有人总结说，他之所以这么害怕，就是担心他当胡子的事儿被查出来。有人觉得不解说，那他干吗不逃呢？逃得远远的，那不就结了?！前一个人马上说，嚯！能得你！你说说你往哪儿逃？这普天之下……你往哪儿逃？后一个人想了一会儿，大概觉得有道理吧，不吱声儿了。

……

这就是老林头的故事。

不过，事情过去这么多年，我到底也没弄清楚老林头是当过胡子还是当过炮勇，或者二者都没当过，或者二者都当过。屯里其他人好像也跟我一样，不甚了了。实际上，自打老林头死后，他的事儿就很少有人再提了，偶尔提起，也只是当作一个闲话，说说而已。

## 三合屯是个杂姓的村子

三合屯是个杂姓的村子。有姓于的，有姓马的，有姓袁的，有姓柴的，有姓杨的，有姓田的，有姓赵的，有姓刘的，有姓李的，有姓林的，还有一个很怪的姓，姓蚁。

还在很小的时候，我就知道，我们三合屯有三大派（是“派别”的派）。其中一派以于姓为主。于姓是三合屯的大姓，于老大、于老二，直至于老四。四兄弟早已成家立业儿女成群。另一派以柴姓为主。柴家有兄弟三人，柴显彬、柴显章、柴显增。柴家三兄弟要比于家五兄弟的年纪小，小一截。第三派以马姓为主，马家的情况稍微复杂一点儿，其中有个马佰理，在马家辈分最高。他有两个侄子，一个叫马忠，一个叫马孝，马忠曾经当过生产队的出纳员。马佰理还有一个儿子，叫马信。此外还有马跃刚和马跃强，他们虽然也姓马，但跟马佰理并不是“一家子”，不过因为都姓马，也就变成了“一家子”。用马跃刚的话说，一笔写不出两个马字儿，五百年前咱是一个祖宗呢！

其余各姓呢，则一部分在于家一边，一部分在柴家一边，一部分在马家一边。凭我的感觉，跟着于家的要比划在跟着柴家和马家的多。三部分相对稳定，不过也不是铁板一块。有时候，这部分的人会跑到那部分去，那部分的人也会跑到这部分来。原因嘛，可能与这三家在某一时期的势力消长有关。当然也有既不属于这一部分也不属于哪一部分的人，即所谓中间派。他们多半老实本分，仅凭吃苦耐劳挣一口饭吃。有的属于老弱病残，连自己的事情都弄不好，当然也就有也可无也可了。再就是那些“黑五类”（地、富、反、坏、右），他们属于管制的对象，根本没有说话的份儿，也就没有什么发言权。

得益于爱听闲话的毛病，我又是个小孩子，加上我爸不是那些“派”里的人，他们都不怎么在意我，因此我听到了不少事儿。有时候，他们凑在一块儿说悄悄话儿，我居然也能听到。有段时间，我还以为自己有了特异功能，就像《西游记》里的那个“顺风耳”一样。说了你可能不信，就那几年，哪怕半里路外跑过一只老鼠，我都能听见它的脚步声。不过，到了晚上我就遭罪了，一到晚上，我满耳朵都是各种响声，成群的蟑螂在墙缝里轰轰隆隆地奔跑，成群的蚊子在窗户外边嘶鸣，弄得我根本睡不着觉，要等到实在困得不行了，才会“哐当”一下睡过去。耳朵里这才清静了。关键是这事儿我又不能对人说，连我妈我都没告诉，我怕他们说我有病，那就要去看大夫，要吃药，可能还要打针……所以还是不说的好，对不对？

此外还有其他一些声音，谁家两口子夜里拌嘴啊，谁家打小孩啊，谁家有人商量事儿啊，我也听得到。真是没办法！

有一天，好像是快过年的时候，我听到老马家的人在一块儿商量要去公社告状，告老于家依仗人多势众，独霸一方，队长于发横行霸道，贪污腐化。他们计划要分期分批，让不同的人去，两人一组，隔几天就告一次，说这样才能引起公社的重视，让上头看到问题的严重性。他们说，只有这样才能把于发扳倒，靠举胳膊儿（选举）是整不过他们的，他们人太多了。他们还说，这回一定要把于发这狗操的整下去，让咱二叔再掌大权……这个消息把我吓了一跳，不过这是最初的感觉，接着我就暗暗地兴奋起来，甚至心急火燎的，内心充满了期待，因为我知道，今年过年又有热闹可看了。

他们所说的二叔，指的乃是马佰理。我听人说过，马佰理以前当过队长，听说还是第一任队长，一连当了好几年。老早我就听过一个故事，讲他是如何当上队长的，不过我不知道真假。故事说，那会儿常有上级下屯蹲点儿的干部。说有一年（不知具体是哪一年），来了一个姓尚的，戴眼镜，穿制服。当时有个规矩，凡是下来蹲点儿的，一律在老乡家里吃派饭，还告诉老乡，平常自家吃啥就给做啥，不得腐蚀干部。那尚干部在屯里住了几个月，每天吃大白菜炖土豆，连一点儿油星儿都见不着，时间长了，嘴里自然淡得很，身体大概也有点儿吃不消。这时轮到马佰理家吃饭了。马佰理想来想去，头天晚上就杀了一只鸡，让老婆趁着夜深人静炖好了（怕人闻到气味）。他老婆见识短，当时还说，你这样行不行啊？这不是腐蚀干部吗？第二天尚干部来了，看到鸡，眼睛马上就一亮，不过随即脸色一沉说："这怎么行？这饭我不吃啊……"马佰理立刻说："看你误会了不是……这可不是给你预备的，我老婆这几天不舒坦，是那个……小月了……得给她补补，你是借光儿……呵呵……借光儿……"尚干部想了一下说："借光啊……那就……不过我还是要批评你……"说尚干部尽管批评了马佰理，背地里却逢人就说他觉悟高，到后来，马佰理就当上队长了。

这件事我听好几个人讲过，大家都说马佰理心眼儿多，还说马佰理是“老母鸡换来的队长”。当然，他们只是在背后说说，当面可没人敢说——除非你成心跟人打架。

马佰理当了几年队长，不料想，后来有一次改选，竟把他选掉了。我听说，那选掉他的人，就是老于家的人。

我在前边说过，于姓是三合屯的大姓，有兄弟四个。四兄弟当中，以老三于发最为出众，高高的个子，四方脸膛，也最有头脑，虽然几兄弟早就分家另过了，有事儿还得他给拿主意，小到哪个兄弟跟老婆吵架，大到各家添置啥东西，一律都要他做主。

其他几兄弟，老大于方愣头愣脑的，身上有力气，也肯干，性子急，遇事儿好激动，一激动就连话都说不清楚了，脸红脖子粗，所以人们给他起了个外号，叫机关枪。老二于合胆小怕事，爱占小便宜，见人就笑嘻嘻的，一副心中有愧的样子。老四于成是个蔫人儿，好像总在盘算事儿。

马佰理当上队长后，有一次，因为派活儿，跟于老大吵起来了。吵得那个凶，差点儿就动家伙儿了。全屯子的人都在一边看热闹。老马家和老于家的其他人也都旁边摩拳擦掌，跃跃欲试。就在这时候，于发出来了，他二话没说，上来就给了于老大一嘴巴。于老大十分震惊，一时摸不着头脑，愣怔了一下说："三儿，你咋敢打我？"只听于发说："我这是让你明白明白……为这点儿小事儿争讲个啥？"于老大特委屈，说："马二他……"于发说："少说那些没用的！就照马二哥说的，麻溜儿干活儿去！"

这天下晚儿，于家几兄弟"噗踏噗踏"地来到了于发家里。这是于发叫他们来的。几个人坐在西屋，把门关好。于发沉思了一会儿说："得把马老二整下去……这事儿我寻思挺多日子了。这家伙势力越来越大，光咱们家整不动他，眼下咱还没这个力量。我看，少说也要再等上一二年……"然后，把眼光转向于老大，"大哥，你家殿军今年多大了？"于老大说："二十一了。咋？"于发说："不咋。我看老袁家那大丫头挺好的，丑是丑点儿，可挺结实，过两天找个人，上袁喜斌那儿提媒去，我看这事儿十有八九……"于老大说："我怕殿军不乐意……"于发说："不乐意？你就说是我的主张……跟你说，袁喜斌可是个明白事儿的，他哥袁喜才，也不糊涂……再加上袁喜才的亲家刘大嘴……还有那个袁贵，跟他爹袁喜斌一样精……"

片刻，于发把眼睛转向了老二于合，说："二哥，你们家大丫儿也快二十了吧？"于老二说："嗯，今年整二十……"于发说："我看也该找婆家了……就说给张老三家那二小子吧，别的不论，就论张老三那大嗓门儿，到了关键，他一个顶仨。”于合想了想说：“这我回去商量商量吧，看她啥意思，还有她妈……”于老大说：“这还商量啥？听老三的没错儿。”于发说：“商量商量也行，毕竟这么大个事儿。可我得给你们算一笔账，让你们心里有数……”他娓娓道来，先从袁家说起，说到了袁喜斌和袁喜才，又说到袁喜才的亲家刘大嘴，再说到刘大嘴的弟弟刘二嘴，刘二嘴还有个亲家李连贵；接着又说张老三，从张老三说到他小舅子，从小舅子说到小舅子的连襟，从小舅子的连襟再说到连襟的哥哥……这样说了一圈之后，于发问另外几兄弟：“明白我的意思了吗？”“明白了，明白了……”几兄弟同时说。

这时于发把眼睛转向了老四于成。于成马上说：“三哥，我那几个孩子还小呢，怕不能……”于发突然笑了一下说：“我要说的不是这个事儿……你们家今年不是杀年猪吗？杀猪的时候，要叫马老二来吃肉，别让人觉出我们跟他见外了……”一听这话，于成顿时轻松了，说：“这好办，十斤肉够了吧？我让他可劲儿吃，撑死这个狗操的！”

最后，于发说到了他自己。在说话之前，他先卷了一根儿旱烟，点着后抽了一口，这才说：“我们家这几个……我也有打算。小三儿小四儿还小，先搁一边。殿文今年十七，虽说正在念书，我也想先给他说亲。殿秀儿今年十九，也该找婆家了。他们俩，殿文我给他说老杨家的玲子，殿秀儿我给她找老田家的恩斗，你们看行不行?”另外几兄弟互相看了看，都点头说行。老二于合说：“玲子倒是挺好的，不也在念书嘛，心气儿好像挺高，就怕人家不同意，再说岁数也小，才十五六吧?”老四于成说：“她心气儿高?你还怕殿文配不上她呀。我倒是担心殿秀儿，这恩斗……个子好像矮了点儿，我怕殿秀儿看不上他……”于发摆了摆手，好像想说什么，没说。

转过年儿，于家的儿女们便开始纷纷定亲，掀起了一股定亲的热潮。于老大家的殿军，于老二家的大丫儿，于发家的殿秀，都吃了定亲饭，过了头茬礼儿，等到过完二茬礼儿，就该拜堂成亲入洞房了。只有殿文的事儿没办成，原因是杨玲子家里说现在孩子太小，缓几年再说吧。杨玲子家的人还说了，尽管事情没成，于老三（就是于发）的心意他们已知道了。听见这话，于发笑了一下，对几兄弟说：“知道就行了，就这样挂着更好。”

至于殿军殿秀大丫儿等，心情和表现也各不相同，当然是有的乐意有的不那么乐意，有的还打了“八刀”——不过那是后话了。这其中，最不高兴的是殿秀，她老是嫌人家恩斗个子矮，说他只有三块豆腐高，有一次，她还用手比着自己的肩膀说：“看看，就到我这儿，就到我这儿呀!”说吃定亲饭那天，那边已经把饭做好了，殿秀却死活不出门，后来于发过来了，上来就给了殿秀一耳光，还说：“不许给我丢人现眼!”

殿秀这才哭着去了。

这样一来，于家在三合屯一下子就有了好多的亲戚。

就在那一年，生产队选队长，就把于发给选上了。

选上队长的于发，还把生产队的会计给换了，出纳员也换了，记工员也换了。还让袁贵当了民兵排长。

不当队长的马佰理，跟当队长的时候明显不一样了。每天早上，他都要站在社员堆儿里等着于发派活儿。特别是冬天，冻得缩着脖子，双手揣在袖筒里，一声儿不吭地站在一边，一副听候发落的模样儿。有时候，于发还显得挺客气，派活儿之后还要征询一下他的意见，蔼声蔼气地问他，二哥，你看这样行不行？觉得不行你就说。好像很给他面子。他便像于发一样，也蔼声蔼气地说，老三你真是的，还问我行不行？挺好挺好。同时在心里骂，妈的你个于老三，这是跟我整景儿呢！于发心里也在骂，你个狗操的马老二，以为我真拿你当盘儿菜呀！

就在于发当队长那几年，马忠的闺女马彩云嫁给了柴家老大柴显彬的儿子柴福生。

马彩云是马忠的大女儿，柴福生是柴显彬的小儿子。他们定亲那年，柴福生 18 岁，马彩云 21 岁。不过这事儿也费了一些周折。原因嘛，是两个人都不同意。柴福生不同意，是嫌马彩云比他大。马彩云不同意，是她心里有了别人。据说那人是邻屯的，那屯子叫白家窝棚，说俩人儿是在修水利时认识的——想想还挺浪漫的，是吧？可是那人家里穷，出不起彩礼钱，就这样耽搁下来。

后来我听说，让柴福生跟马彩云定亲，原来是马佰理的主意。说他自告奋勇，还亲自当起了媒人。说他那才热心呢，一忽儿去找柴福生说说，一忽儿再找马彩云说说，一忽儿又找柴显彬说说……这样说来说去，没过多久，就传出消息说，柴福生已经同意了，而且，他还亲口对别人说，大几岁就大几岁呗，你们听没听说过，女大三抱金砖呢！接下来，马彩云也同意了。不过，让马彩云同意可没那么轻松，听说还是她爸马忠起了作用。说在最后关头，马忠借着酒劲儿又哭又闹，还打自己的嘴巴，说孩子们个顶个儿不省心，不听大人的话，不替大人着想，说他自打被下了出纳员就憋憋屈屈的，说我还不如死了好呢！说你要是再不答应，我就死给你看，我就去上吊，就去跳井！

还说："到时候你们就哭去吧！"

又补充道："你们就他妈的号丧吧！"

事情到了这份儿上，马彩云不答应也不行了。

我听说，在正式订婚的前一天，马彩云到白家窝棚去了一趟，把那个人叫到了屯外一个小树林，俩人儿在那儿谈了一通，从上午谈到下午，从下午谈到晚上，直到天傍黑儿的时候，马彩云才回到家。

柴福生跟马彩云定亲的第二天，马佰理家杀了一口肥猪，应名儿会亲家，把柴显彬、柴显章、柴显增包括他们的老婆孩子，还有马忠、马孝、马跃刚、马跃强，也包括他们的老婆孩子，统统喊到家里，大吃了一顿，还喝了好几十斤烧酒……

转眼到了冬天。

这就是说，选队长的日子又要到了。

就在选队长的前一天，人们早上一出门，就在许多房子的山墙上看到了一些“标语口号”。标语口号都用墨汁写在一种大黄纸上，就是那种上坟时烧的黄表纸，字写得又粗又大，一看就让人心里一怕，有种不祥的预感。所有人都站在自家的大门口，院门相邻的还凑到一起，神色惊慌地在那儿嘀咕，一边用讯问的眼神儿看着对方。有人不认识字，问：唔！这是啥？谁家死人了？有认识字的就说，是写于发的。那人问，于发死了？认识字的人说，不是，是写打倒他。有人惊异地说，这是啥时候贴的呢？神不知鬼不觉，我一点儿都不知道。有人说，估摸是半夜，那会儿狗叫得挺凶，我还寻思莫不是小偷下屯子了？有被贴了标语的人家儿说，真他娘的糟践人，往墙上贴这乱七八糟的玩意儿……不用说，他们的话全被我听见了，听得一清二楚的。

趁人们议论纷纷的当儿，我把那些标语看了个遍——大模大样儿的，我猜可能跟领导视察差不多——有一些如今还记着，比如，“于发是个坏分子！”“于发横行霸道欺压百姓！”“于发贪污腐化作威作福！”“革命群众联合起来，把于发赶下台！”“打倒于发！”这当中，有的字还故意写颠倒了（大头朝下），有的故意写躺下了，有的在字上画了个大圆圈儿。开始我还有点儿奇怪，不知道他们为啥这么写，不过我很快就明白了，他们这是故意的，他们就是要让于发倒下去……我觉得我真是太聪明了。哈！

过了不一会儿，就有好几个人跑到了于发家，其中有于家那几兄弟，还有民兵排长袁贵等，问于发这事儿咋办。于发显得有点儿慌张，毕竟，这样的搞法儿在三合屯还是头一遭儿。他说：“这一准儿是马老二他们整的。这帮家伙……他们这是造声势呢，是想先把我整臭喽……”有人问：“那，我们咋整？”于发说：“别着急，让我寻思寻思……”于发寻思了好一会儿，最后说：“不能让他们嘚啵，得趁早儿把那些东西给他扯巴喽，要不别人心里就没底了，这对咱们就不利了……”他们又问：“那都谁去？你去不？”于发说：“你们都去。我就不去了，得留个后手，明白我的意思吗？再多叫几个，殿军儿、恩斗啥的，人多了手快……”

很快，一帮人就呼呼啦啦、风风火火地来到街上，直奔那些标语，撕的撕，扯的扯，只听沙啦沙啦一片乱响，把那些标语，也就是那些写了字的大黄纸，撕得乱七八糟，一片一片地落在地上，就像一只只被雨打落的蝴蝶。这些人正撕得来劲，突然就来了另一些人，跟这些人厮打起来，阻止他们撕。这些人都是马家的，也有柴家的，当中有马跃强、马孝，还有柴福生等，一共十来个人。他们不光厮打，还互相吼叫，骂人。特别是马跃强，嗓门儿大得吓人，“不准撕！再撕我砸碎他脑瓜卵子!!”他这样吼道。

过了不一会儿，好像只有几分钟，也许只有一分钟，双方就打起来了。他们撇开了墙上的标语，两两捉对，有的用脚踢，有的用拳头打，有的抓住了对方的衣领，有的抱住了对方的腰。一时间，各种响声交织在一起，有手掌打在脸上的声音，有拳头打在棉袄上的声音，有跌跤的声音，还有骂人的声音。以前，我看见过孩子们打架的情形，大人打架我也见过几次，不过那都是一两个人，规模较小，而且主要是互相谩骂，今天这种情形，我还是第一次见到。我甚至说不清我当时的感受。我非常非常害怕，吓得都快尿裤子了。我又非常非常兴奋，心跳得特别快，脸颊热乎乎的。啊！太有意思了！啊！太好玩儿了！我在心里说。

接下来更热闹了。一些女人也参加了进来。她们有的是男人的老婆，有的是他们姐妹，有的是他们的妈。她们的参加使场面变得更加混乱也更加热烈。她们还带来了新的因素，那就是她们的哭喊和尖叫。女人有女人的打法，她们上来就扯头发，或者用手抓。因此，很快就有人脸上被抓出了血。这时有人动用“武器”了，有人就近找来了木棒，有人找来了铁锹。木棒挥舞起来，铁锹挥舞起来。木棒和铁锹都发出呼啸的声音。终于，有人倒在了地上……

人们这才安静下来——死一般的安静。

我被吓得气都不敢出了。

远远地看过去，倒下的人好像是马孝。

过了好久，我才听见有人小声对人说：“哎呀！他是不是死了?”另有一人说：“一动不动的，像。”

片刻，有人大声喊叫起来：“啊！打死人啦！马孝叫老于家的人打死啦——”就像狼嚎一样（我没听过狼嚎，不知是不是这样），听了让人毛骨悚然。喊叫的人好像是马跃强，他本来嗓门就大，现在更是大得不得了。

这时人们（那些站在自家门口的人）都朝打架的地方拥去，把倒在地上的马孝团团围住了。原来没露面的于发和马佰理也从不同的方向赶来了，一来就挤进了人群。我因为人小力单，加上害怕，没有挤进去，落在了人群外头。这把我急得够呛，东扎一头西扎一头，还是没法儿进去。

正当我急不可耐的时候，人群忽然“轰”的一下朝外边散开了，就像里面发生了爆炸一样，我听见他们纷纷说：“眼睛眼睛睁开了……”“还眨巴呢……”“没死没死……”“不是炸尸吧?”趁人群散开的时候，我急忙心惊胆战地朝马孝看了一眼，见他正晃晃悠悠地想从地上坐起来，满头满脸的血，脸上一副迷茫的神情，就像刚刚睡了一觉，大概力气不够吧，还用一只手撑着身子。

所有人都长出了一口气，包括于发，只听他说：“好好!没死就好！好好!”一副欣喜的样子。

接着马佰理说：“虽说没死，也伤得不轻。我看得先上卫生院。我挑明了跟你说吧，不管人死没死，这事儿可没完！马孝是我亲侄儿，他的事儿我一定得管!”

于发想说啥，马佰理没搭理他，大声叫人张罗车。一会儿来了一挂马车，大伙儿七手八脚地把马孝抬上去，车老板一挥鞭子，马车就朝镇上去了。

屯里消停了几天。不过也不是完全消停，于发和他家那几兄弟，还有他们的那些个亲家，都不断流儿地往于发家跑，问于发下一步咋整。于发这会儿也没了主意，他愁眉苦脸地说：“咋整?谁知道咋整?反正我是没招儿了……”因为着急上火，于发还病了，病了好几天，起了一嘴唇的水泡。

马佰理第二次当上了队长。

哦，有件事儿我差点儿忘了说：就在马佰理当上队长的那天晚上，大概快半夜的时候，我冷不丁听见了于发在家里哭，哭得吭哧吭哧的，一边哭一边擤鼻涕，就像个小孩子。还听见他老婆在旁边劝他："你说你个大老爷们儿……就这么点儿破事儿，还值得你这样？"于发哭着说："你个娘们家家的！你懂个啥！"停停又说："马老二，你等着瞧……"然后就没声儿了，也许是不哭了。

马佰理当上队长半个月，马忠便再次当上了出纳员。其他的，会计、记工员、保管员、领工员，也都换了人。民兵排长也不是袁贵了，换上了柴福生。

马佰理以后，队长又换了好几个，但我已经忘了都是谁了。

顺便说一句，好像是在 10 岁那年，我得了一场怪病。发烧、头痛、打冷战、嗓子发炎、出虚汗、关节痛、腿抽筋、大便干燥（有时候还拉稀）……一病病了半个多月。我爸我妈又急又怕，带我四处找大夫，不知道吃了多少药片、药粉和药丸，还喝了好多草药熬成的水，总算把病治好了。就在康复的那一天，我突然发现我的耳朵不好使了，不过并不是聋，只是有些声音听不到了，老鼠的脚步声听不到了，蟑螂的奔跑听不到了，人们小声儿说话（包括在远处说话）也听不到了。

仿佛全世界都安静下来，一下子就安静下来了。

那天晚上，我破天荒地睡了一个好觉。

我不知这是怎么回事儿。

## 小时候我最佩服的人

小时候我最佩服两个人，一个是梁山好汉鲁智深（四年级的时候，我曾经看过《水浒传》），一个是我们屯里的祖二明。佩服鲁智深，是因为他曾经倒拔垂杨柳。垂杨柳长在地上，根深叶茂，他“双膀一叫力”，活活儿的就给连根拔起来了。他的力气有多大呢？你想都想不出来。梁山好汉那么多人，我看鲁智深最厉害，第一厉害。佩服祖二明，则因为他聪明伶俐、心灵手巧、多才多艺，可以说，他是三合屯所有的孩子当中最聪明伶俐、最心灵手巧、最多才多艺的一个，也许，在全公社，甚至在全县，都是少有的。

祖二明家就在我家的前院，有一段时间，我们每天在一起玩儿。有时候晚上也要玩儿一会儿。那时候，一等到吃完晚饭，就会听见他站在后园子大声喊：“生子哎——”我马上就出来了。跟我们一起玩儿的还有另外几个孩子，杨福林、李三小子、刘志文等，一共四五个人。与其他孩子们不同，我们在一起不光是疯闹（当然也有疯闹的时候），我们最常做的是找个僻静的地方，在那儿唠嗑。讲故事了，说奇闻了，偶尔也说说家里的事儿，今天吃了什么饭了，最近哪个亲戚要来串门儿了。另外还有一项活动，就是打牌。

牌就是扑克牌，54 张那种。我留意过，那时的扑克牌都是“娱乐”牌儿的。而且，不知为啥，也许因为我们那儿是乡下吧，这东西很难买到（听说还得“走后门”）。所以，我们的牌都是大人们用过的，早已残破不堪，卷边儿，开缝儿，印满了指头印儿，脏得不得了，尽管我们小心再小心，还是用不了多久，就变得软了吧唧，最后只好扔掉。“这好说，我印一副吧……”一天祖二明说，说得随随便便。可没过几天，他竟然真的印出了一副扑克牌。哦，他印的真不赖，就跟买的差不多。牌的背面，他用了一种那年很流行的糊墙纸，上面画着一串串的葡萄。正面用的是大白纸。他把两种纸粘在一块儿，再剪成一张一张的，大小也跟买来的一样。最叫人吃惊的是，那牌上的图案，就是那些梅花、黑桃、红心和方块，都印得那么像，还有那几张 J、Q、K，包括大小王，也印得差不离儿——之所以要说“差不离儿”，就是还不完全像，因为那些图案太复杂了，他不得不做一些简化处理，当然意思还是那个意思，一看就明白了。

这就是祖二明。他就有这个本事！

这么说吧，在我印象里，似乎就没有他做不到的事儿。记得有一次，有个人不知从哪儿拿来了一副“九连环”。这是一种玩具，特复杂，现在我也不会玩儿。老实说，我也没弄清它的具体构造。只记得它有两根长铁丝做成的封闭的框，上边挂了九个铁丝做的圆环，玩起来哗啦哗啦响，九个圆环亦会变出不同的样式（据说变化有 9 种之多）——那家伙显得很神气，哗啦哗啦地弄几下，九个圆环就出现了一种样式，哗啦哗啦再弄几下，九个圆环又出现了另一种样式……一阵儿哗啦哗啦之后，他笑眯眯地问我们："喂，好玩儿吗？"我们连连点头说："嗯，好玩儿……"他又说："想不想试试？"我们立刻不好意思了，红着脸朝后缩，一边吃吃地笑着说："噢噢，这个……"只有祖二明没有缩，他默不作声地把九连环接过来，端详了一下，然后就哗啦哗啦地弄起来。当时我们都挺紧张的，担心他弄不成。没想到他哗啦哗啦的，不一会儿就弄成了。只是时间比那个人稍长了一点儿，仅仅一点儿哎！

除了这些，祖二明还会修理手电筒。会做弹弓。会扎狗毛毽子。会钉冰爬犁。会用麦秸编蝈蝈笼。会用高粱秆扎鸟笼（其中有一种"滚笼"，是专门用来捕鸟的。这种滚笼最难做）。会做铁夹子（用来打老鼠的）。会用细铁丝磨鱼钩。

最让人佩服的，是他会修广播喇叭。

说到广播，那可是不得了。窗户外头有一根广播线，屋里就连着一个个喇叭，每家每户都有一个。每天一早儿一晚儿，喇叭都要响上一阵子。世界大事，国家大事，省内大事，县内大事，喇叭里统统听得到。好像是在早上六点钟，首先会响起"东方红"，接着是："××县广播站，现在播送新闻节目。县革委近日研究决定……”往下是：“现在是黑龙江人民广播电台对农村广播节目，全省广大社员同志们……”再往下，就会响起：“现在是中央人民广播电台新闻和报纸摘要节目……”到了晚上，似乎也是六点钟吧，喇叭会再次响起，在各种新闻之后，你会听到“黑龙江人民广播电台，现在是长篇小说联播节目，继续播送长篇小说《大刀记》，作者郭澄清，演播者×××”，或者“中央人民广播电台，现在是歌曲节目，请听《阿佤人民唱新歌》”。此外，喇叭里还会播送曲艺和器乐节目。偶尔还有“××县广播站，现在播送紧急通知：今明两天，我县将受到寒潮袭击，请各公社各大队及广大社员同志们积极做好防潮工作，抓革命，促生产，抗寒潮，保丰收，确保全县粮食亩产过黄河……”有时候，要连续播送好儿遍。

有时候，谁家的广播喇叭会突然坏掉，会哇啦哇啦乱响，或者干脆不出声儿，就像一个人得了哑巴病，或者患了中风，口齿不灵便了……一遇到这种情况，人们立刻就会想到祖二明，把握十足地说：“没事儿没事儿，去找祖二明，他一鼓捣就好了。”一会儿祖二明来了，蔫蔫儿地进了屋，把喇叭从墙上摘下来，用力吹吹上面的尘土（一副胸有成竹的样子），这儿看看那儿敲敲，再用螺丝刀子拧巴拧巴，接上电线一试，哇！果然立马就好使了，能听见里面的声音了——该说话说话，该唱歌唱歌。

是不是够神奇的？

这么跟你说吧，在我印象里，只要他接触过的东西，他又产生了兴趣，好像就没有他不会弄的！

在我们成了“朋友”之后，我曾经很虔诚地向他请教，问他是怎么学会这些东西的，他的回答让我非常吃惊。他蛮认真地想了想，最后居然对我说，这个我可不知道。他就是这么说的。不过，接着他又补充道，我不是喜欢寻思吗？反正，我一寻思，心里就明白了。

瞧瞧！

有一阵子，祖二明还迷上了音乐。

他迷音乐有个机缘（任何事情都有机缘，我说得对吧）。好像是在那年夏天吧，屯里突然来了一拨人，大概有十来个，叫那什么“毛泽东思想宣传队”，男的女的都有，也不知道从哪儿来的，看模样儿像是城里人，穿着“的确良”的小褂，人人戴着“上海全钢”腕表，特别是女人们，一个个都粉嘟嘟儿的白——引得全屯的大人孩子都追着她们看，一边看一边啧啧称奇，说，跟画儿上画的没两样儿，天底下真有这么好看的人儿啊！有些男人还私底下说，这样的娘们儿……下面还有话，可我不好意思说了。

宣传队在屯里待了三天两晚，白天跟社员一块儿下田劳动，晚上就给大家伙儿演出。当然了，劳动他们是不行的，连装样子都装不像，一个个的还尖声尖气地乱叫，就像不小心踩到了稀牛屎，反倒弄得人心惶惶。晚上演出则不同了。演出就在生产队的大院里，用几辆马车搭个台子（就像当初斗地主那样），四角还挂上了一百度的电灯泡儿。他们也都像换了一个人，一下子变得神气起来，个个儿都化了妆，不论男女，一律涂了红脸蛋儿，一会儿上来唱个《北京的金山上》，一会儿上来唱个《新苦的房》，一会儿又上来演个“痛说革命家史”，一会儿说段快板书：“打竹板，响呱呱，今天（咱）表表王大妈……”一会儿用笛子吹个《苗岭的早晨》……

吹笛子的是个青年男子，样子很帅气，穿着一条黄军裤。笛子也吹得特别好听，清脆嘹亮，婉转悠扬，一会儿好像小鸟在叽叽喳喳叫，一会儿好像雾气在飘，一会儿又像太阳升出了地面，一会儿雾气消散了，太阳越升越高……这曲子我在广播喇叭里就听过，我怀疑广播里的曲子就是他吹的……

宣传队走后没几天，祖二明就不知从哪儿弄来了一只笛子。他说是在镇上的供销社买的。一根尺把长的细竹管，上边挖了一些洞洞儿，大概七八个吧，其中一个洞洞上贴了一片苇子膜儿。从镇上一回来，他就找到我们几个人，一脸的情不自禁，给我们吹了一段《东方红》，“东方红，太阳升……”我们一边听他吹，一边在心里跟着哼哼。尽管他吹得磕磕绊绊，不那么连贯，听起来还蛮像的。等到吹完了，他说：“吹得不好，刚才在路上练了一会儿……”满脸的不好意思。一时间，我们几个也动了好奇心，想试巴试巴。杨福林站得离祖二明近一点儿，先把笛子拿到了手，并且照祖二明的样子，把几根手指分别按在那几个洞洞儿上（祖二明还表扬他说你的姿势挺标准），然后就开始吹，可他吹了半天，却光听见他在那儿“呲溜呲溜”地吹气，笛子根本就没响。我们几个，尤其是我，当时都觉得杨福林笨，心想，这么简单个玩意儿，怎么会吹都吹不响呢？嘁！

我们也纷纷拿过来试。结果却跟杨福林差不多，“呲溜溜，呲溜溜”，就像从牙缝儿漏气一样，咳，真是寒碜！只有李三小子好一点儿，勉强吹响了一两声。

自从有了笛子，以后再见面，祖二明每次必定都要把“那玩意儿”拿在手上，而且，每次都要给我们吹几段儿，吹得还都挺像。诸如《大海航行靠舵手》啦，《天上布满星》啦，《北风吹》啦，《浏阳河》啦，《文化大革命就是好》啦，还有一些“革命样板戏”的选段，比如《奶奶，您听我说》……每次吹笛子的时候，他都一脸的认真，挺胸凹肚，抬起瘦瘦的下巴颏儿，脖子抻的长长的，眼睛则半张半闭，眼珠儿在眼缝儿里来来回回（忽而向左忽而向右）地滑动着，同时，还跟着音乐的节奏不停地点头（吹一阵儿点一下头，再吹一阵儿又点一下头），偶尔还要使劲儿地摇晃一下身子（上半身），每吹完一个曲子，立刻就把笛子竖起来，从里面往出“空”水……

说实话，我当时真是打心眼儿里佩服他，主要是佩服他聪明，又佩服又羡慕，心想我们怎么就没那个本事呢？那么多的曲子，就那么听一听，就给吹出来了，还吹得那么像！

……

祖二明属鸡，比我大三岁，个头也比我高一点儿，长着一双细长的似乎有点儿失神的眼睛，面目清秀（真的很清秀哎）。当时我们都在读小学。他虽然比我大三岁，却只比我高一个年级——那是因为他上学晚。

我要说的是，祖二明不光多才多艺心灵手巧，学习成绩也特好。

我听说，在他们班，每次考试他都是第一，而且从一年级开始就是这样（现在六年级了）。说他最厉害的是算术课，说不论加减乘除，分数小数，包括那些应用题，都没有他不会做的，而且做起来速度极快。就说那些应用题吧，不论多复杂，他只要看一遍，马上就能解了。考试的时候，只要卷子一发下来，他都是立刻就做，刷刷刷，好像都不用想，可能别人还没做到一半，他已经做完了。

还有写作文。

说到写作文，当年我最大的苦恼是写不长，常常写个三言两语脑袋里就没词儿了，不知道往下该怎么写了——急得我直挠头，挠头也没用。祖二明就不同了，他能把每篇作文都写得挺长。后来我看过他的作文本，一篇作文起码也能写到两三页，且写得特顺溜，一点儿不打奔儿。当时别提我多羡慕了，问他怎么能想出那么多的话，他指了指他家墙上的广播喇叭，慢吞吞地说，听广播啊，那里头啥词儿都有。那时候我们最常写的是大批判稿，还有学习心得和决心书之类。想想祖二明的作文，有些话确实在广播里听到过。我顿时有种豁然开朗之感。他又告诉我，得细心听，到写作文的时候你就想起来了。他还说，其实那里头的话也都差不多，说来说去，都一个意思。

作文下边的评语全是“优”。

对祖二明，我只有佩服的份儿——就像我前头说的那样——唉，有什么办法呢？人家这么“厉害”！当然了，偶尔我也会嫉妒他，心里痒痒的。同时又以跟他要好为荣，有一种莫名其妙的自豪感。

有一阵子，他都成了全屯孩子的楷模了。我曾不止一次地听到一些大人在一起夸奖祖二明。他们抽着辛辣的旱烟，抽几口还要响亮地吐一口唾沫，一般要先说点儿别的，说着说着就会说到祖二明。有人说，这孩子忒少见了，乍一看蔫了吧唧，没想到这么灵光，学习还这么好，将来准定有出息。有人说，少说也能当个会计，听说他脑子特快，算算术最拿手了。有人说，会计算个啥嘛？要我看，起码也能当个公社秘书，没准儿还能当书记呢。还有人说，那他能不能念个大学啥的呢？一毕业可就是国家干部了。有人提醒说，上大学怕是难，你没听广播里说嘛，现在都是工农兵才那啥，我看就是走后门，最要紧的是你得上头有人，公社啊，县里啊，不得能轮到你？

不管咋着，大家都认为祖二明将来能有出息，这却是一定的。

我猜这些话都传到了祖二明的耳朵里，有些人可能还会当面跟他说。之所以这样说，是因为我在祖二明身上发现了一些细微的变化，这些变化有时候会在言谈举止上表现出来。比方，他偶尔会说，赶明儿（将来）我最好能当个工人，你没听广播说嘛，工人领导一切，或者，当个技术员儿也行，搞点儿新发明啥的。这把我（我们）眼馋得要死，仿佛这一切都是真的，或者马上就会变成真的，也许就是明天的事儿，晚上睡一觉，早上一睁眼睛，他就不是今天的他了。好在祖二明并没因此而张狂，没骄傲，没端架子瞧不起人，照常跟我们玩儿，照常跟我们胡扯六拉，听到谁说了好笑的事儿照样傻呵呵地笑……老实说，这也是我一直喜欢跟他当朋友的一个原因。

祖二明是他家的长子。听说他原来还有一个哥哥，很小的时候就死了，我根本就没见过。他下边还有俩妹妹一弟弟，他家一共四个孩子。

祖二明他爸名叫祖有财，在生产队当社员，当年四十来岁。他妈妈的名字我不知道，我一直叫她祖大娘，同辈人好像都叫她祖大嫂（我妈也这样叫她）。祖大娘身体不咋好，一年到头病歪歪的，身上瘦得很，脸色又青又白，就连夏天，头上也要戴着头巾，说话声音挺细的，有气无力的样子。听我妈妈说，她好像得了什么妇女病（我说不上妇女病是个什么病）。最严重的问题是，她不能下田干活，或者说，不能挣工分。也就是说，祖二明一家，只靠祖有财一人来养活。

祖有财也很瘦（他们一家都很瘦），却是个很能干的人，年年工分挣得最多，只要生产队有活儿干，他从来不缺工。性格特别谦和，表情也谦和，有时候我去找祖二明玩儿，每次见到我都会笑一笑，偶尔还说一声："来啦……"然后接着忙他的事儿。在我的印象里，他一直是个勤快人，在生产队干了一天活儿，回家也不闲着，忙忙这忙忙那，夏天主要是侍弄菜园子，除草啊，浇水啊……因此，他家的菜园子比谁家的都好。尽管他那么瘦，却似乎有使不完的劲儿。其实谁都知道，他这是不得不干。一大家子人，六张吃饭的嘴，每张嘴都要喂饱喽，那可不容易。不过他倒是从无怨言，觉得这是他的本分，天经地义。一天下来，他最大的享受就是躺在炕上听广播里八点半钟播出的"长篇联播"。那些年，他听了《大刀记》，听了《金光大道》，还听了《千重浪》，后者的作者是两个人，一个叫毕方，一个叫钟涛。有滋有味地听完后，翻个身，马上就睡着了。

我听说，年轻的时候他还喜欢过二人转，不是一般喜欢，是非常喜欢。不仅喜欢听，还喜欢唱两口儿，而且唱得很好，快板慢板拖腔甩调，他全都唱得有模有样。还说当年他喜欢上了徐桂兰（一个二人转艺人，艺名兰叫叫，名声大得很），差点儿跟她跑喽，后来他爹听到消息，愣是拿根锄杠给追回来了。我还见过屯里人拿这事儿跟他开玩笑，嘲笑他，把他整得特别尴尬，红头涨脸地说："那会儿年轻嘛，瞎胡闹……瞎胡闹……"停停又说，"唉，这会儿想胡闹都不行了，没那心思了……"

祖有财不像别的大人，对孩子像阎王一样，张口就骂，举手就打，动不动就扇你几个耳刮子（因此，屯里的孩子都练就了一副很强的抗击打能力）。可能是没那么多闲工夫吧，祖有财对孩子可不怎么管，你想咋着就咋着，只要把他交代的活儿做完就行了。对祖二明，对他的种种"天才"表现，他也是这样子，不闻不问。记得只有一次，祖二明对我们说："今天我爸夸我了，就在吃晚饭的时候……"祖二明特兴奋，脸都变红了，一个劲儿地眨巴眼睛。我问："他咋夸的?"祖二明说："我爸说，二明子挺灵的，赶明儿也许能有点儿出息……"马上，他又补充道，“我爸答应了，来年让我上中学……”我知道，这是祖二明一直在担心的问题，就是让不让他上中学的问题。祖二明以前讲过，他妈心疼他爸，不打算再让祖二明念书了，说他爸负担太重，让他念完小学就下来干活儿，帮他爸挣工分。

转年，祖二明就上了中学（当年国家搞教改，取消了初中和高中的界限，概称中学，学制也缩短了，加起来共四年）。

谁也没想到，就在这一年，祖有财却出了事。这事儿说来很简单。这年秋天，庄稼快熟的时候，从县里来了一个工作组，听说叫“割尾巴”工作组（全称是“割资本主义尾巴工作组”，这是我多方打听才搞清楚的）。工作组一来，就毁了祖有财在西小坝下边的一块田。那是一块私刨的田，说是什么“小开荒”，面积只比两铺炕大一点儿。

田里种了几垄萝卜，几垄雪里蕻。它们都长得很好，叶子翠生生的，萝卜能看见顶了。

萝卜和雪里蕻可以腌咸菜。

毁田的情景我没看到，我上学去了。

“毁田队”由工作组长亲自率领，后面跟着民兵排长柴福生等十几个民兵，呼呼啦啦的一大帮人。民兵们有的提着铁锹，有的握着镰刀，有的扛着铁镐，这些都是毁田的工具。他们好像都愣呵呵的，有的满脸严肃，有的似笑非笑，样子跟平常明显不同了（不用说，我早就认识他们）。他们从一个地方跑到另一个地方，每到一处就一通乱砍乱刨乱挖，就像一群野马踏进了西瓜地，好端端地把那些庄稼或者青菜弄得一片狼藉，然后便扬长而去。我后来听说，他们事先已经进行了“侦察”，对哪儿有私刨田早就一清二楚。那时我才知道，屯里有私刨田的人其实不止祖有财。

“毁田队”后边还跟着很多看热闹的人，多半是一些小孩子——我就是听他们讲的。

听他们说，“毁田队”刚到祖有财的私刨田，弄了还没几下子，祖有财就跌跌撞撞地跑来了，他一边跑一边喊：“停下……停下……停下吧……”跑着跑着还摔了一个前趴，转眼间爬起来，又跑，一直跑到“毁田队”跟前，跑得胸脯直呼扇。

我听别人说，那天祖有财正跟其他几个社员在别的地方干活儿，不知怎么听到了这个消息，当下就扔了手里的家什（农具），朝这边跑。当时还有人劝他不要来，说他“胳膊拧不过大腿”……可他就是不听……

他们说，祖有财已跑到田边，看见遍地都是乱七八糟的萝卜和雪里蕻，立马就往地上一坐，哭咧咧地道：“你们……哎呀……你们啊……”可能他跑得太急了，还没缓过气儿，话都说不完整了。

他喘了几口气，接着又说："我一镐一镐刨出来的呀……原本一块撂荒地……撂荒也就撂荒了……"

接着就见工作组组长朝祖有财走过去——工作组组长我见过，是个瘦高个儿。他显得挺不高兴，嘴巴一鼓一鼓的，好像还有点儿嫌恶的意思，走到祖有财跟前，却装出挺和气的样子说："老祖同志……你怎么这个样子呢？这可是上级的号召，你应该积极响应啊。你们都是革命群众，要识大体顾大局啊……"

祖有财好像没听组长的话，他还像刚才那样，自顾自地说："……我就想腌点儿咸菜……就想腌点儿咸菜……家里那么多人，啥啥都不够吃……整个一冬天啊……"

工作组组长加重了语气说："这是觉悟问题！你要提高觉悟！觉悟……你懂不懂？不要光想着吃！起来，你起来……"

组长一边说话一边弯下腰，还伸出一只手，似乎想把祖有财拉起来。可是，谁也没想到，他却一下子跌倒了，人整个儿趴在了地上。不知道他是怎么跌的，有人说是他脚下一滑，有人说是祖有财拽了他一下……特别凑巧的是，他竟然跌在了一块石头上，还把鼻子磕出了血。

看热闹的人立刻发出一阵哄笑，因为他们都觉得很有趣，觉得这人也忒笨了。他们还没想到事情的严重性。直到组长从地上爬起来，一边用手帕擦鼻血，一边怒冲冲地对柴福生他们说，把他给我带到大队部去……他们才不笑了，交换着眼神儿，预感到事情闹大发了……

这事儿确实闹大发了。当天下午，就从公社来了两个“保卫组”，把祖有财带到公社去了，还用绳子绑住了手。这事儿我也没看见，也是听人说的。我听说，他们说祖有财犯了破坏“革命路线”的罪，还有伤害革命干部，还有……

听说都把祖有财吓傻了，浑身哆嗦成了一个蛋，脸白得就像一张纸，临走之前一直在哭，两条腿软得像面条，路都不会走了。说祖二明他妈赶到大队部，上来就给组长跪下了，呜呜咽咽地哭着说，你大人大量，就饶了他吧，我给你磕头了……

说她一连磕了好几个响头。

祖有财被带走的第三天（也许是第四天），祖二明就退了学，回到三合屯，入了生产队，当了个“半拉子”劳动力，接替他爸，给家里挣工分、换口粮。

做出决定的那个晚上，我跟祖二明见了一面。我知道这几天他心情不好，跑到他家去看他。他家那会儿特安静，他妈在炕上蜷缩着，他的弟弟妹妹坐在他妈身边，谁都不说话。整个屋子都笼罩着一股悲凉的气氛，一点儿人气都没有。

祖二明把我领到门外。我们先是默默地站了一会儿，我看着他，他却没有看我。然后他说：“我明天不去上学了……”声音低低的，说话时仍然没看我，斜着眼，好像在看房檐。

我没明白他的意思，说：“那你请假了吗？”

他说：“没请。不用请。往后我都不去了……”

我这才明白过来。我吃了一惊，说：“你、你是说你不念了?!”

停了片刻，他轻轻地点点头，没说话。

我说：“那你爸，不，你妈……她知道吗？”

他说：“……我们商量的……”

我不知道说什么好。

过会儿他说：“我爸不知道多少日子才回来。他们说这事儿挺邪乎，是反面典型……整不好得打成反动分子，也许得蹲巴篱子（监狱）……”

我突然有点儿害怕，浑身一阵发冷。

他又说：“家里总得有个挣工分儿的……”

他不说了，停下来，好像在想什么。过了一会儿，我冷不丁听见他吭哧了两声，就像鼻子不通气。后来我才意识到，他这是哭了。是的，他是在哭，他流出了眼泪。眼泪流出了眼角，停在鼻子两边，他也不擦。

我怔怔地看着他，看着瘦瘦的脸，看着他单薄的身体，觉得他是那么弱小那么无依无靠不知所措忧心忡忡，那么可怜……

我也流出了眼泪。

打那儿以后，祖二明就像换了一个人。他也不跟我们玩儿了，他要天天上工，没有空闲，况且每天起早贪黑，别说玩儿，连见个面都没那么容易了。

两个月之后，祖有财回来了。这时已是冬天，没多久就该过年了。那天傍晚，在一片暮色中，他一路蹒跚地从屯前那条空空荡荡的大路进了屯子——人们后来才知道，他这是得了关节炎，腿疼得厉害，而且这一辈子都没有痊愈，再不能干吃力的活儿，直到去世。

人们还知道，那两个月，他始终在一个地方修水库，挖土方。

尽管他爸回来了，祖二明却没有再回学校去上学。他一直在帮家里挣工分。由于家里困难，负担重，快到三十岁才娶上媳妇。而且……而且是个智力有残障的人。

每次想起祖二明，我都会心痛，会痛上好久。

## 一条狗的故事

老实说，我一直犹豫这件事情值不值得写。我担心人们说我无聊。后来我还是决定把它写出来。原因有二：一是觉得这事儿很难忘。我曾经无数次对朋友讲过这件事，每讲一次心里都会泛起一点儿波澜；二是觉得事情本身内容太少，无法单独写成一个故事，不写呢又不甘心（很不甘心）。

这是有关一条狗的故事——

我家曾经养过一条黄狗。它是我亲手从后街贾二毛愣家里抱回来的，当时刚生下来没几天。贾二毛愣告诉我，他家的母狗下崽子了，问我要不要一个。我二话没说就去了他家。贾二毛愣先把母狗骗进屋里，然后陪我钻进铺着谷草的狗窝，让我在四只小狗当中任选一只。四只小狗有一只白的、两只黄中带白点的、一只黄的。我选中了这只黄的。

那会儿它小得很，比一只小猫还要小，身上的毛短短的，不过特别光滑，用手一摸顺溜溜的，仿佛还散发着一层微弱的"荧光"。那时天气还很冷。我把它抓起来往帽兜里一装，抱在怀里就往家里跑。一路上感受着它的小心脏快速而有力的跳动。回到家我马上找来一只柳条筐，在里面铺上一层谷草，给它做了个窝。接着又盛了半碗米汤给它喝，可它好像并不饿，连看都没看……

从此黄狗就在我家住下来。

刚来那阵子，它可遭了不少的罪。可能是不适应我家的环境，也可能是刚离开它的妈妈，它整天都在"哽哽"地叫唤，也不在窝里趴着，蹒蹒跚跚地满屋子乱走。到了晚上就更邪乎了。印象最深的是第一晚，它根本就不睡觉，一连声儿地在那儿"哽哽"，听起来就像小孩哭，还凑到了炕沿底下，用它的小爪子挠我们的鞋（鞋就放在炕沿下面），挠一下“刺啦”一声，挠一下“刺啦”一声。我知道它一定很冷。我猜它还会觉得孤单，在想它的妈妈。我也一直很纳闷：它会有孤单的感觉吗？它会想它的妈妈吗？我断定，它会想。我还断定，它是故意来挠鞋的，它就是要引起别人的注意。

（它这样又叫又挠的，让人心疼得不行，后来我就把它抱到了炕上——乖乖，它立刻就不叫了，等我早上一觉醒来，发现它还蜷缩在炕角呼呼大睡，小肚皮一鼓一鼓的。）

……

不过，黄狗还是一天一天长大了。它度过了那些最难过的日子。到了开春的时候，它已经长得快赶上一只猫了，而且再也不那么可怜巴巴地“哽哽”了。不仅如此，它还懂得了跟人撒娇。只要我在家，它就缠着我，走一步跟一步，围着我又蹦又跳，如果我坐在凳子上不动（写作业什么的），它就趴在我脚边，眼睛小心翼翼地盯着我，同时不停地晃动它的小尾巴，时间稍长一点儿，它还会用嘴啃我的鞋，一边啃一边“哈哧哈哧”地喘气，把鞋帮弄得湿乎乎的，上面沾满了它的口水。如果家里来了客（那些串门儿的人），它也会尖声尖气地叫几声，一副义正词严的样子，提醒你：家里来了陌生人，可能会有危险！直到你呵斥它：“闭嘴！一边儿去！”它才会停下来，然后摇头晃脑地溜到一边，趴在那里，可是眼睛还会盯着客人，继续观察一会儿。

总而言之，我觉得，现在它已经把这里完全彻底地当成了自己的家，至于它妈妈，它可能早就给忘了。

过段时间，天气又暖和了一些，我爸在院子里给它盖了一间正式的房子（狗窝），把它从屋里搬到了屋外。开始的时候它也很不情愿，睡觉前不停地扒门，一连扒了好几天，也挺让人心疼的。到了白天，它会想方设法溜进屋子，一进屋就东闻西嗅，使劲儿摇晃尾巴，兴高采烈。到了傍晚，它会赖在屋里不走。它会一声不吭，趴在屋里的某个角落或者凳子地下，下巴颏儿紧紧贴在地上，还闭着眼睛，就好像睡着了，不过偶尔也会撩一下眼皮，我猜那是它心里不踏实，想瞧瞧有没有人注意到它。一旦你说："出去出去！睡觉了……"它才知道赖不住了，这才慢吞吞地站起来，垂着脑袋朝门口走去，显得非常失望（似乎还有点儿羞愧）。

这年夏天它脱了一次毛。脱毛之后，它就变了一副样子，身材比以前高大了，也修长了，两条后腿也粗壮了。就连脾气秉性，好像也发生了变化，变得有些楞头楞脑，一举一动都很莽撞，不管不顾又精神抖擞，很少见它有消停的时候，整天在院子里跑跑跳跳，那些猪啦鸡啦鸭啦，都成了它欺负的对象，它一过来，它们立刻就躲得远远的，仿佛它就是这里的霸主。

在家里，黄狗跟我最亲，其次是妈妈，因为妈妈会给它东西吃，当然也没啥好吃的，就是些剩饭剩菜，而且这还是在它小时候，等它长大以后，就没这个待遇了，它就要自己找东西吃了。在它长大以后，我跟它的关系也发生了变化。当然，变化主要在我，是我对它不像以前那样上心了，也不经常跟它一块儿玩儿了。高兴的时候，我就把它叫到跟前，拍拍它的脖子，或者扔一个什么东西让它捡，要么就训它几句（每逢这时，它都表现得特别温驯，抬着脸站在我面前，眼睛一眨不眨地看着我，偶尔训得狠一点儿，它还会从嗓子眼里发出“呜呜”几声，不知道是表示委屈呢还是在承认错误）。可要是我心里烦，那它就倒霉了。我会无缘无故地踢它，不论脑袋屁股肚子，反正逮那儿踢那儿，不分轻重，有时候踢得狠了，痛得它嗷嗷直叫，撒腿就跑，一边跑一边回头回脑地看我，可能怕我追上来再给它一脚吧。好在它并不记仇，不过总要过个一两天吧，看见我从外边回来，它还会屁颠儿屁颠儿地过来跟我摇尾巴，或者舔我的手掌。

黄狗是个很平常的狗，就是“土狗”或“笨狗”。个子也不高，比巴儿狗大一些，可也大不了多少，一点儿也不英俊，还土头土脑。不过，它对这点倒好像没什么感觉，持一种无所谓的态度。我们那儿有个说法，狗是谁抱回来的，它的脾性就像谁。说到这一点，它可能还真有点儿像我。有时候，它显得很傻，大大咧咧没心没肺，对人对事反应迟钝，有时候它又很聪明，最典型的表现是会装傻，遇到对它不利或它不想做的事，即便你叫它，它也装作没听见，如果惹了什么祸，它还知道躲着你。再有一点是，平常看起来它很老实，一旦急眼了则暴怒异常，不顾一切不计后果……

我后来发现，狗像人一样，当中既有自以为是的，也有阴险毒辣的，有爱耍心眼占小便宜的，有投机取巧的、见利忘义的……跟他们相比，黄狗好像没这些毛病。

有一年冬天，黄狗突然失踪了。

这消息我是第二天早上知道的。那天我一起来，妈妈就告诉我：黄狗丢了。我跑到院子里一看，黄狗果然不在窝里。吃早饭的时候爸爸说，半夜的时候他就听见院子里有动静，扑扑腾腾乱响，可他当时迷迷瞪瞪的，加上害怕外头冷，另外很快就没有动静了，他便没太当回事儿，翻个身又睡了。爸爸后悔不迭，连连说我出去看看就好了……那天的早饭我们谁都没吃好，整个早晨都笼罩在一种黯淡的气氛里，黯淡中还有一点儿惶惶不安。问题的关键是，谁也不知道黄狗怎么就失踪了，不知道它会去哪里，不知道昨晚到底发生了什么事儿……而且，直到现在我都不知道。这件事成了一个谜，一个永远的谜，现在想来，仍然觉得蹊跷。

爸爸当时倒是分析过这件事，据他推测，大概会有这样几种情况：一是黄狗可能被谁捉去吃了，说有一些嘴馋的人，平时吃不到肉，冬天就四处捉狗，杀死后用锅一烀，吃了解馋；再就是被城里开饭店的人给掠走了，爸爸听人说过，城里有些饭店，专卖狗肉做的菜，狗都是他们从乡下捉去的，说他们开着一辆大卡车（通常是解放牌的），一个屯子一个屯子地乱窜，每到一个屯子，就把卡车停在屯头，趁着夜深人静，挨家挨户地找狗，一旦找到了，就把狗装进麻袋，往车上一扔，还说他们随身带了好多个馒头，看见狗以后，总是先把馒头扔过来，在狗吃馒头的时候，人就乘机扑上来了……

爸爸这些话，把我吓得心惊胆战，一连好几天，天一黑我都不敢出门。

我同时还认定，黄狗一定是完蛋了，肯定是叫人给抓走了，杀死了，烀了炖了，把肉都剔下来吃掉了，只剩下一堆骨头一张皮了……唉，可怜的黄狗啊！

时间一天一天过去，刚开始那些日子，每天放学回来，我还会习惯性地朝静悄悄的狗窝看一眼，每次心里都挺失落的，特别不是滋味，后来时间长了，这种感觉才一点儿一点儿地消失。这样大概过了一个多月，好像快两个月了，有一天傍黑儿，家里正在吃晚饭，吃着吃着，突然听见窗户响（就像有人敲窗户），等我们抬头一看，竟然看见了黄狗，前腿扒在窗台上，露出大半个脑袋，两个眼睛瞪得溜溜圆，还“吭哧吭哧”地喘着粗气。我乐坏了！就像人们常说的，又惊又喜！

欣喜若狂（这个词可能不太贴切）！不光我，爸爸妈妈也是这样。我们立刻撂下饭碗，跌跌撞撞地朝门口跑去……门一开，黄狗呼地一下就冲了进来。

进屋后的黄狗十分兴奋，一边摇尾巴一边围着我们不停地跑，一边跑一边唔唔地叫，就像哭似的，同时不断地闻我们身上的气味，后来我抱住了它的脖子，还用手拍它的脑袋，它才好歹安静下来。

黄狗回来了！就像当初失踪一样，它的归来也成了一个谜，而且比它的失踪更让人猜不透：这一个多月它去了哪里？经历了什么样的事情？是不是很可怕？如果是被人捉走的，它又是怎样逃脱的？去的地方是不是很遥远？它是怎样找到的回家的路？路上还有什么遭遇？还有，它当时是怎样想的（我断定，它的内心一定是有想法的，这个想法可能很简单，也可能很复杂）？为什么非回家不可？只可惜它不会讲话，也就什么都不会告诉我，我呢，就只好一边看着它黑洞洞的仿佛无限幽深的眼睛，一边在那儿瞎猜乱想……

黄狗的故事还没有完——

记得就在这年夏天，黄狗开始偷吃家里的鸡。某一天吃晚饭的时候，妈妈告诉我们，家里丢了一只母鸡，“就是那只大芦花。早上放鸡的时候它还在呢，刚才喂鸡就没它了。我找了半个屯子也没找着……”妈妈显得很不开心，甚至有点儿忧伤。我们都知道，鸡对她有多重要。当时家里养了十几只鸡，除了一只公鸡之外，其余的全是母鸡。妈妈天天尽心尽意地经管它们，早上把它们从鸡窝里放出来，晚上再赶进鸡窝。她还给每只鸡都取了名字，小花儿、黄头、大眼睛、短腿、长脖儿、铃铛……每次说起来都特别亲切，好像那都是她的孩子。这些名字我至今记得。那时候家里穷，而那些鸡，简直就是妈妈的小银行。油盐酱醋，针头线脑，包括火柴以及我上学用的铅笔橡皮，几乎都是鸡蛋换来的（我记得很清楚，那时候，一只鸡蛋能卖七分钱，一斤盐是一毛三）。隔一段时间，她还要专门给爸爸做一个韭菜炒鸡蛋。

过了几天（大概有四五天吧），家里又有一只鸡不见了，也是一只母鸡，不过这次妈妈在院墙外边发现了几根散落的鸡毛。也是在吃晚饭的时候，妈妈对我们说了这件事。妈妈很激动，她猜测鸡是叫什么牲口给祸害了，很可能是黄皮子，亦即黄鼠狼，也可能是狗……妈妈说话时，黄狗就在屋里……在说到狗的时候，妈妈突然朝它看了一眼，似乎意识到了什么。黄狗好像也意识到了什么，此前它一直仰着脸儿朝炕上看，两只耳朵一动一动的，一发现妈妈朝它看，立刻就把头低下了。这样直到第三次，它被妈妈抓了个“现行”。那是一天中午，家里有几只鸡躲在菜园外的墙根儿底下乘凉，它们肚皮朝下，还把翅膀张开了，在那儿打盹。就在这时候，黄狗过来了，它低头塌腰，还拖着四条腿，一副小心翼翼的样子，一看就是图谋不轨，快到鸡跟前，才突然蹿起来，猛地向前一扑。大概因为心慌，不料竟没有扑到，只叼住了鸡的尾巴。鸡们顿时惊醒过来，马上叽叽嘎嘎地四处逃窜……也是活该它倒霉，这情景刚好被妈妈看到了。

“黄狗——”妈妈一声断喝。

黄狗回头看了一眼，马上一溜烟似的跑走了。

又是吃晚饭的时候，妈妈对爸爸说：“那可是我亲眼见的！大芦花和长脖儿，保准也都是它祸害的！那可都是最能下蛋的鸡啊！这死黄狗，你说它咋这么馋呢……”

妈妈气得够呛，还特别伤心，连饭都没有吃好。她认为黄狗还会这样干，这才是她最担心的。“我又不能时时看着它……”她说。后来她决定打黄狗一顿，给它一点儿教训。“狠狠地打，看它还敢不敢……”妈妈凶巴巴地说。

妈妈真把黄狗打了一顿。怎么打的我没看到，我上学去了。妈说她是用烧火棍打的。她把黄狗叫进了屋，还把几只鸡也叫进来。妈妈说，一定要在鸡跟前打它，这样它才知道自个儿为啥挨打，它才能记住。妈说我打了它好几棍子，打得它呜呜直叫，有一棍子还打着了它的鼻子，“也怪可怜见儿的……”说着还叹了一口气。

挨打以后，黄狗消停了挺长一段时间，家里的鸡也没再遭到祸害。妈妈为此而高兴。不过，从那以后，连着好多天，黄狗都没到屋里来（就像以前那样，我们吃饭的时候，它在地上蹲着）。而且，一见到人，特别是见到妈妈，就麻溜躲开了，一边躲一边斜着眼睛瞧着你。“你看这黄狗，它还记仇呢……”有一次妈妈说。当然后来就好了，黄狗又进了屋，又像以前那样，我们吃饭的时候，它就在地上蹲着——妈妈这才安心了。

可惜好景不长，没过多久，就有了新的麻烦：左邻右舍都开始丢鸡。隔几天就会有人来到我家，告诉妈妈她们家鸡丢了，左找右找找不见。妈妈开始还不明白，心说，你家丢了鸡为啥跟我说？后来她才恍然大悟，是因为黄狗！她们怀疑黄狗吃了她们的鸡。妈妈就耐心地跟她们解释，说我家黄狗确实犯过这个毛病，为这我把它狠狠地打了一顿，以后它就老实了，一见着鸡吓得直躲呢……听妈妈这样说，邻居们也就不好再说啥了。妈妈是个老实人，人缘也很好，她们知道她不会撒谎的。

没过几天，一个邻居又来到我家，说她家又丢了一只鸡，还说看见了我家黄狗到她家院子里去过。巧的是就在邻居跟妈说话时，黄狗恰好从外面回来了，嘴角还粘着一根黑色的鸡毛，尽管很细小，邻居还是一眼就看见了。一看见鸡毛，邻居马上就说：“这不就是我家那黑母鸡嘛！哎呀，可怜的黑母鸡呀……”邻居就像要哭似的。妈妈别提多尴尬了，脸涨得通红，赶紧向邻居赔礼道歉，承认错误，还安慰邻居，表示一定赔偿人家的损失……当晚，妈妈就按照女人们惯常的做法，抓了几只母鸡，还是家里最好的鸡，让我帮忙提着——我跟在妈妈身后——就像给人送礼似的，给邻居送过去了（包括另外一家丢了鸡的邻居），还说了一大堆的好话，以求得人家的谅解。

妈妈快气死了，我想这不仅仅因为赔了鸡，还因为这叫她丢了脸。

妈妈又气又恼，可能还很心疼那几只母鸡，一回来就对爸爸说：“这败家的狗！这么祸害人……丢人现眼……你说咋处治它吧……不得它还得出去惹事儿……”

爸爸想想说：“这还真不好说……要不就干脆……”后边的话他没说，但我们知道那是啥意思。

妈妈被吓了一跳。

那天晚上，直到临睡觉之前，妈妈爸爸一直在说这件事。就是如何处置黄狗。当然，他们倒没有滔滔不绝，而是断断续续，有一搭无一搭，想起来就说一句。他们挺为难，这我看出来了。经过一晚上的“讨论”，他们才想出了一个办法：把黄狗用铁链子链起来。

问题就这样解决了。

自此，黄狗便被一根铁链链在我家的院子里，链了好多年。开始的时候它还不适应，常常会呜呜地叫，一看有人过来，就连蹦带跳，劲头之大，把铁链子都挣得哗哗直响，同时眼睛里发出一道道绿光，看了让人可怜。如果你搭理搭理它，它就兴奋得了不得，围着你乱转，用脑袋蹭你的腿。后来它就习惯了，不再呜呜地叫，也不再挣巴，慢慢地，还形成了规律：晚上回到窝里睡觉，白天则来到院子里，懒洋洋地往那儿一趴，眼睛半睁不睁的，动作也越发迟钝，一副不死不活的样儿。然后有一天，记得是刚入冬，夜里下了一场小雪，早上，妈妈出来放鸡的时候，发现黄狗死在窝里了……

老死了……

## 后记

以上我写了5个故事。

这些故事都是真实发生过的，是我记忆中的事，我把它们记录了下来。当然，出于某种考虑，我给里面的人物都取了新的名字。

还有一些故事我也想写的——它们给我的印象同样很深刻。

比如王长脖子，那是个脖子极长又特爱喝酒的老头儿，没有酒肴，竟然能用一根铁钉蘸着盐水下酒，这样他也能把自个儿喝醉喽。

还有家祥媳妇，一个因为弄撒了一碗苞米面就喝农药自杀的女人，送葬那天，她爹她娘哭得死去活来，把眼睛都哭肿了。

以及高凤兰，当时三合屯最好看的姑娘，为了有个城镇户口，居然嫁给了镇上的一个傻子，几年后，她又用耗子药把傻子给药死了，结果被判了死刑……

顺便说一句，这部作品我断断续续写了几个月。

我觉得我有义务把它写出来。一来，有我这种生活经历的作家可能不多。另外，即便有这种经历，他也可能没有兴趣来写这种题材陈寂的作品。他可能更喜欢写一些诗意的作品、新奇的作品、时尚的作品、人们喜闻乐见的作品。而最关键的一点是，如果谁都不写，这段人生就会悄悄溜走，就会淹没在滚滚而来又滚滚而去的历史的浪潮中，形成某种失忆。

时间会流失，时代会发展，一个时代过去了，我们需要把一些真实的东西留下来。

中国文学已经作了太多的表面文章。

作品终于写完了，我不由长长地吐了一口气，仿佛了了一桩很大的心事……

# 芳草地去来

## 1

一阵秋风呼啸着从头顶上刮过去。高玉铭抬起脸，下意识地看了看马路边上的一棵杨树——树梢摇晃着，发出一阵喧哗，又撒落了几片树叶，很快即恢复了平静。

一辆“的士”朝他驶来，速度越来越慢，意图非常明显。前面不到二十米就是10路汽车站了，他因此有点儿犹豫。

“的士”停下了，就停在他的脚边。他想既然这样……便伸手拉开车门，将一个略显庞大的行李和一只旅行包塞进车后座，随即上了车。

“的士”司机朝高玉铭一笑，说：

“老远就看出你是打车的。干我们这一行，就得眼神儿好啊……大哥上火车站吧？”

高玉铭说：

“为什么是火车站？长途汽车站。”

司机不再说话。“的士”驶进了车流。高玉铭取出一支烟，点燃了，深深地吸了一口，感觉心里踏实了许多。

以前他很少打车。也许是习惯使然，多年以来，除非有什么特殊情况，他一直坐公共汽车。这不是钱不钱的问题，他觉得没那个必要。

不过，这次的情况有所不同。头头儿们甚至说，这次单位要给他派一辆专车，一直把他送到目的地。按说这绝对理所当然，毕竟他在为领导们分忧。但他毫不犹豫地拒绝了他们的好意，他说他好久没坐长途汽车了，要找一找以前的感觉。

高玉铭看看表，现在是八点钟多一点。那趟开往天涯县的长途汽车要十点钟才开，时间还很宽裕。不过也不可掉以轻心，开往天涯县的汽车每天就这么一趟。

他将脸转向窗外。这个时间，正是街上最为热闹的时候，放眼一望全是行色匆匆的人。男人，女人，走路的人，骑自行车的人。

他心里动了一下，想到这些人里没准儿会有李欧娜……

李是他的前妻，他们曾经一起生活了六年，不过已经离了婚，就是去年的事。不知道李欧娜当时什么感觉，他可是义无反顾的。

“的士”就像一条鱼，在车流里面自由自在地游动，大约在二十分钟以后，来到了长途汽车站。

长途汽车站在道外区，紧邻有名的承德大街。从承德大街往下一拐，有一片围着围墙的空地。空地面积很大，上面停着一些汽车，有面包车也有大客车，汽车一辆紧挨一辆，就像列队的士兵。

严格一点儿说，这里也许算不上车站，因为它既没有候车室也没有售票处，乍一看倒像一个买卖汽车的交易市场，只是每辆车的风挡玻璃上都贴着用不干胶刻出来的从某处到某处的地名（两个地名之间，画着一条红杠），这才让人觉出与汽车市场的不同。

“的士”在车站的入口处停下来。

高玉铭取出自己的一应物品，肩扛手提，跌跌撞撞地走进了车站。这里凹凸不平，尘土飞扬，闹闹哄哄的。

进来之后，高玉铭首先注意到了空场中间一棵孤零零的且树叶落满了尘土的老榆树。这让他感觉很突兀。他想不出它怎么会长在这里，没有理由嘛！

不容高玉铭多想，他已经被一些人包围起来，他们跟在高玉铭的身边，一边走路一边看着高玉铭的脸，一边粗粗细细地说：

“先生坐车吗？”

“先生去哪儿?”

高玉铭随即说出了要去的地方。

话一出口，那些人呼啦一下就散去了。只剩下一个小青年和一个赤红脸的中年妇女。两个人马上一脸的笑，欣喜万分地说：

“快来快来！就我们一个车是跑天涯的。看见那个大客没有？就是它。”

一边说还一边来拿高玉铭身上的东西，中年妇女拿过了高玉铭的旅行包，小青年则把他的行李扛到了自己的肩上。

三个人很快来到大客车前。

高玉铭上了车。这时车上已经有了几个人。高玉铭问赤红脸的中年妇女：

“大嫂什么时候开车呀?”

“快了快了，人一上满咱就发车。”

高玉铭在一个靠窗的座位坐下来，打量着车厢内的情形，心想：既来之则安之，我就等吧……

## 2

大约一个月前，高玉铭的同事马伟强，告诉他领导可能要派他到天涯县去“支教”。

那是那天快要下班的时候，办公室里的其他人都走了，马伟强晃晃悠悠地来到高玉铭跟前，先把一根烟扔到他的办公桌上，之后看着他的脑袋说：

“我刚听说了一件事，跟你有关系……”

高玉铭正在低头看报纸，今天一整天他都没在单位，报纸还没来得及看。听见马伟强的话，他抬起头，看着在桌面上滚动的烟，不在意地说：

“什么事儿能跟我有关系？不会吧。”

“看来你一点儿没听说。我也是昨天才听到的。这话是从咱们大领导嘴里漏出来的，估计几个局头儿已经研究了。何去何从，你可要早做打算。”马伟强说。

“别跟我绕弯子，到底什么事儿？”高玉铭说。

马伟强停了一下，终于说：

“‘支教’的事儿你听说了吧？省市各个机关，每个单位选一个人，学历本科以上年龄四十岁以下的，文科理科都可，到下边各县乡，挂职当老师，有能力的还要当校长，时间两年，上边给了咱们一个指标，领导打算让你去。”

“这是真的？”高玉铭怔了一下说。

“听他们的意思，你是最合适的人选……”马伟强说。

高玉铭一下把报纸扔到桌子上，还从椅子上站起来，看着马伟强说：

“我怎么是最合适的人选？他们凭什么这么说？”

“我操！你可别跟我急……你还是好好想想去还是不去？如果不去，怎么跟领导说？”马伟强说。

高玉铭说：

“我坚决不去！我凭什么去？任何好事儿没有我的，这种破事儿倒想起我了！他妈的这些狗东西，这不是明显拿我当傻×嘛！”

马伟强不再说什么，恰好这时有人打电话找他，接过电话之后，他就走了。

“我本来想跟你一块儿吃饭的，可惜我丈母娘来了，老婆让我早点儿回家。只好你自己去吃了。跟你说千万别生气，没有用。想想怎么办才是最主要的。”临出门时他说。

高玉铭真的很生气。当然这和马伟强没什么关系。在单位，他们两人算是比较要好的。不然马伟强也不会把刚听到的消息告诉他。他生气主要是针对单位的领导，因为他清楚，一旦换成别的事，比方出国考察，或者外出进修，他们是不会考虑他的，至于提拔他当个一官半职，更是想都不用想。

马伟强走后，高玉铭也接了两个电话。第一个电话是吴小燕的。他跟她是两个月前认识的，现在算是他的女朋友吧。吴是一家医院的大夫，人长得白净小巧，跟高玉铭一样，也是离了婚的。相识以来，两个人一直都很客气，偶尔在一起吃顿饭，吃饭时谈谈足球和各自单位里的人和事。不过，高玉铭至今还没下定决心，要不要把他们之间的关系确定下来。

吴小燕在电话里说：

“你过来啊，咱们一起吃晚饭。”

“这个……”他迟疑了一下，“改天吧，好不好？”

“为什么？你有事？”对方显得很敏感。

“对呀，我有事。”他不想多说什么，说完便放下了电话。

在他刚想离开那里时，第二个电话又打了进来。他以为还是吴小燕，犹豫着不想接，又觉得不接不好，接起来一听，却不是她，而是《都市早报》的副刊编辑。编辑也是个女的，因为经常接触，双方已经很熟。

编辑开门见山，说：

“高老师，下一期我还缺一篇八百字的稿子，请您支持一篇。题材不限，体裁也不限，不反动就行。稿费还按一千字算，千字百元。”

“好、好吧……”高玉铭有些犹豫地说。

“这我就放心了……”编辑高兴地说，“您什么时候能写完？”

“我抓紧吧……”高玉铭说。

高玉铭本来还有话要说的，可是对方没容这个空儿，匆匆说了一声“拜拜”，就把电话撂了。他拿着话筒怔了片刻，把要说的话很快忘了。

说起写文章，这纯粹是他的业余活动。原因之一是他喜欢读书，早在上大学期间就是个文学爱好者；原因之二是他工作不那么紧张，有时候甚至很闲，关键是无须用心，除了日常的事情，更多的时间是在那儿“干耗”，他又不喜欢跟人闲扯，便盯上了办公室里的几份报纸，一天到晚地看，主要是看副刊，感觉有的文章写得还行，多数文章都写得很臭，基本属于拍马屁的那种，有一天心血来潮，自己也写了一篇，按地址寄过去，很快就发表了，还得了一笔稿费，心想这不错嘛，自此便写起来。

他的文章屡屡见诸报端，杂谈啦，小品啦，散文啦，甚至包括微型小说，其中多半都是约稿。而他最大的优点就是从不爽约，哪怕前一天找到他，他也会及时把文章写出来。当然了，文章绝不是什么好文章，瞎扯淡而已。这些年有多半的时间，他就是这样扯过来的。令他意外的是，这样扯来扯去，居然还扯出了点儿名堂，别的不用说，连编辑们都一口一个老师的叫他，这就足以说明问题了。

接完两个电话，高玉铭又在办公室待了一会儿。这时他已没有了怒气。他呆呆地站在办公室中间，看着周围一张一张办公桌，心里突然有点儿不是滋味。说不上难过，也说不上伤感，只是有一点儿酸涩。

多快！一晃都十多年了，自从大学毕业分配过来，几乎一直待在这间办公室。尽管其间也有几次被抽调到别的部门，但那都是临时帮忙，而且时间很短，完全可以忽略不计……

高玉铭傻站了一会儿，心事重重地离开了办公室，到单位对面的刘记快餐店吃了一碗炸酱面，然后又回来了。

跟李欧娜离婚后，他就搬到办公室来住了，而且一直住在这里——他们以前的住房是李欧娜的单位分给李欧娜的，既然离了婚，再住就没什么道理了。

老实说他并不愿意住在这里，来来去去太不方便。为此他曾经找过领导，要求单位给他补一部分钱，他要出去租一间房子。他自觉这个要求并不过分，参加工作十几年，单位一直没给他分房子。“总不能让我一个人拿钱出去租房子吧？好歹我也是单位的职工啊！”他这样对领导说。不过领导没同意，领导瞪着一双菱形眼，想着什么。

领导终于想到一个例子，说：

“对了……小雪就在外边租房子住，据我所知，单位就没给她拿钱……”

“这件事我知道……”高玉铭轻轻一笑，尽量显出一副轻松随意的样子说，“不过情况有所不同。她租房子是为了孩子上学方便，听说她原来有房子，她把自己的房子租给别人了，我压根儿就没房子……”

领导张了张嘴，片刻，有些恼怒道：

“好了好了，这事儿等我们研究以后再说，你就先在办公室住着吧……”

一直研究到现在，还没有什么结果。

假如这事儿不是他的亲身经历，而是听别人讲的，他根本不会相信。妈的太无赖了！这样的人居然还当上了领导！当然他也清楚，领导对他印象不好，这也是个因素，恐怕还是个重要因素。至于为什么不好，他也略知一二……

咳……有些事情不说也罢。

## 3

办公室很安静，不，说寂静似乎更合适些。尽管隔着一道高墙，墙外的马路上仍然不时传来过往的汽车的喧嚣声，如果有大型汽车经过，窗上的玻璃还会轻轻地颤抖。

但是，那种寂静的感觉却一点没减少，反而更加强烈。

对此，高玉铭已经习惯了，习惯了这种喧嚣，也习惯了这种寂静，习惯了寂静带给他的怅然若失的感觉。

应该说，这种感觉由来已久，自从他搬到办公室来住的那一天就产生了。而且，最初的感受要比现在强烈得多，必须咬紧牙关才能挺住。在这以前，他曾经无数次听人说，离婚就好比获得了解放。简直是胡说八道！回想自己那段经历，真像死过去一次一样，不死也扒了一层皮。

记得刚离婚那阵儿，常有人很关切地问他：“有什么大不了的，闹得非离婚不可?”面对诸如此类的问题，他常常无言以对，因为不知说什么好，说了也不会有人相信，所以他干脆什么也不说，朝他们笑笑了事儿。

现在只能说，那次婚姻是一个错误。而且，不单高玉铭这样想，就连李欧娜也是这样想的。简单说，是他们性格不合，说得复杂一点儿，是两个人在人生观和价值观上均有差异，把话说白了，就是双方看谁都不顺眼。而在这一点上，李欧娜的表现比高玉铭还要明显。

有些问题是说不清楚的，特别是婚姻上的事儿。这是高玉铭后来得出的结论。但是，你心里肯定会有某种感觉，而且压根儿不用说出来，只消一个眼神儿或一个动作你就全都明白了。对于他和李欧娜来说，当时最强烈的感觉莫过于失望。他对李欧娜失望，李欧娜对他更失望。

后来就发展到争吵了。从某个角度说，这也是顺理成章的。争吵先从一些小事开始，诸如吃饭的时候响声太大了，擅自买了什么不该买的东西了，某一次刷碗没有刷干净了，某一天跟同学喝酒没按时回家了，以及经常夜里很晚不睡觉早上不起床了，等等，都成了他们争吵的原因。

高玉铭对此很不理解，他想这是何必呢？照他想来，既然两个人结了婚，就应该相互迁就，我过得去，你也应该过得去。

客观地说，那段时间，高玉铭的表现确实不叫人满意（连他自己也不满意）。特别是跟同学喝酒，几乎每周都有，有时候还不止一次，人人都兴奋得很，喝多了就坐在那里吵吵嚷嚷高谈阔论，有时候喝得太多，第二天班都没法上了，即便上了班，也是蔫头耷脑的。

为此他做了种种努力，包括减少跟同学们的聚会，同时尽力把所有的事情都做到最好，但是收效甚微。

当然，除了以上的原因，他们也为别的事情争吵。

记得有一年元旦，由于过节的缘故，晚饭时两个人喝了一点儿红酒。因为心情都很好，吃完饭并没有马上离开，而是面对面地坐在那儿唠起了闲嗑儿，而且唠得特好，两个人都轻声细语的，唠得十分投机，气氛也十分温馨。

不料唠着唠着，突然唠到了单位的事。

话题是由一个名叫唐小彪的家伙引起的，此人是李欧娜单位里的同事。按李欧娜的说法，这是一个极善钻营的人，要水平没水平，要人品没人品，还是一个腰椎间盘突出症患者，走起路来一扭一扭的，两只胳膊总呈划水状。东拼西凑编了一本书，花钱买个书号出版了。可笑的是，就他这副德行，居然当上了研究室的副主任。知道这是怎么回事儿吗？就因为他整天跟着领导的屁股转，还给领导送了钱……

讲完唐小彪的事，李欧娜看着高玉铭，想着什么。这样看了片刻，突然说：

“元旦我们发了五百块钱。你们单位也发了吧?”

“发了。没你们多，二百……”高玉铭说，“你要用?”

“我本想添点儿钱买件羊绒大衣，算了，不买了……”李欧娜叹了口气，接着说，“这样吧，我把钱给你。明天我再去一趟储蓄所，咱们凑足三千块钱。要不你就别想有出头之日……”

“你是说?”高玉铭问。

“这样领导才能看到你，注意你，赏识你。你才会有表现的机会……”李欧娜说。

“饶了我吧你……”高玉铭扑哧一笑，用玩笑的口吻说，“这也太伤自尊了。”

“别说自尊不自尊的，”李欧娜说，“谁都明白这是怎么回事儿!”

“别扯别扯，”高玉铭说，“这种事我不做。我觉得……我做不到。”

“穷装啊你!”一听这话，李欧娜当时就急了眼，眼眉挑得高高的，声音顷刻尖利起来，“你能做到什么?你说!这不能做，那不能做……你就想这么吊儿郎当地混下去了是不是?你觉得这样混很舒服是不是?”

高玉铭特别吃惊，他看着李欧娜，心想这人怎么这样？仓促间他说：

“不是舒不舒服……”

“那是什么？”李欧娜愈发激愤，“我看是你没出息！是你不想有出息！是你不像个男人！是你没把我当回事儿……”

一连串的排比句劈头盖脸地砸下来，砸得高玉铭立刻没了话。

这还不算，李欧娜还哭了，哭得那么委屈那么真挚，令人动容。

直到现在，高玉铭还清楚地记得那一天的一切。他当时的感觉十分不好。他隐隐约约地意识到，事情似乎并不像他以前所想的那么简单。

高玉铭搞不明白，她何以会有这种想法？

问题在于，有些事情他是做不来的，他也不想做。

大概就在那次吵架以后——确切的时间记不得了——高玉铭产生了离婚的念头。他被自己吓了一跳，这是真的。

令高玉铭吃惊的是，李欧娜差不多马上就同意了他的建议。这时已经过去了一年多。李欧娜似乎惊讶了一下，随后便说：

“好吧。”

高玉铭当即愣住了，这是他没有想到的。

过了片刻，李欧娜又说：

“高玉铭，你太不争气了！真的，我对你太失望了……”

说到这儿她哭了；她哽咽了一下；她眼圈儿一红；她抬起手，擦了擦眼泪；她紧紧地闭上嘴，再没说话……

幸好他们还没有孩子，因此并无什么牵挂。

## 4

时间过去了快一个小时，前往天涯县的大客车还没发车。这当儿，赤红脸的中年妇女风风火火地上了车，站在车门的踏板上用眼睛清点着车上的人数，每看过一个人，就迅速但轻微地点一下头。待把人数清点完毕，她哑着嗓子快速地说：

“还有三个空座儿……再上仨人儿咱们就走。”说完脑袋一缩，下车去了。

“有完没完啊你？这都等了大半天了……”一个大嗓门儿的男人当即提出了抗议。

听见这话，中年妇女立刻重新露出了脑袋，僵硬地笑着，说：

“大兄弟别着急，再坚持一会儿。我保证，就一会儿……”

“你说得轻巧！我倒是想坚持，别说一会儿，两会儿也行，可我也得坚持得了哇……”大嗓门儿这样说，说完便暧昧地笑起来，笑得嘿嘿的。

有人领会了大嗓门儿话里的含义，他们也笑起来，而且笑得更响。

中年妇女跟着大家笑，这次不那么僵硬了，她一边笑一边说：

“看大兄弟说的……都是混饭吃的勾当，谁也不容易……多上一人儿我就多挣五十块钱，多上仨人儿我就多挣一百五……可我要是一走，这钱就等于白扔了……咱们还是理解万岁吧……你说呢，大兄弟？”

由于有了刚才的气氛，大嗓门儿不便再说别的，他哈哈一笑，说：

“那好那好，咱们就理解万岁！”

中年妇女再次下了车，一下车就“颠儿颠儿”地跑起来，一直跑到空场的中间，加入了招呼旅客的人堆儿。

因为高玉铭的座位是在车右首靠窗的位置，正好斜对着空场，便把这一切都看在了眼里。

在这些乘客里，高玉铭大概是最不着急的一个。只要能在下班之前赶到县里，有人接待自己，不扑空，就万事大吉了。至于县里还将做何安排，那就是他们的事儿了。不论他们怎样安排，那也应该是明天的事情了。

就在这时候，他的手机响起来。他一看，是吴小燕打来的。

“你现在在哪儿？”吴小燕问他。他立刻听出来，她有点儿不高兴。

“我在……长途车上……”他回答。

“我刚给你单位打过电话。这是真的吗?”她停顿了一下，他想她是在调整情绪，“不管怎么说，你也该告诉我一声。起码，我得送送你啊。”

“我、我想你挺忙的……”仓促间他说。

“不管多忙，这点儿时间也是有的……”她这样说，“我不知道你是咋想的，除非、除非你不想跟我说……”

他怔了一下，不知道该怎么回答她。他确实不想对她说，他认为没这个必要。在跟她交往的这段时间，他一直打不起精神。他总觉得她不会成为自己的知心人，这是其中最主要的。可他一直在犹豫，这种感觉该不该对她说，包括怎样说。现在看来，毕竟她人还是不错的，感觉很温柔，长相也很好……

“再说……”她又说，“你上次不是说，你压根儿就不想去，已经拒绝了他们吗?”

“是呀，”他说，“后来我又改主意了……”

“为什么?”她问，“你为什么改了主意?”

他一时语塞，觉得这话无法回答。一是这个问题太复杂了，一两句话说不清楚，另外他觉得说了她也不会理解。他沉吟了片刻，最后说：

“这样吧，过几天我给你写信吧……好吧？我手机快没电了……”

他听见她“嗯”了一声，似乎有点儿疑惑。他没容她再说下去，就把手机关了。他甚至有点儿害怕，害怕她会说出别的。

事情确实是这样的：后来是他自己改了主意。

当初马伟强也问过他这个问题，问他为什么改了主意。

这事儿说来还挺复杂。当然了，复杂主要在他的脑子里。这么说吧，那段时间还真把他难得够呛。

记得是在马伟强告诉他这件事儿的第二天，不，第三天，领导就把他找去了。他那时早有心理准备了，而且已经打定了主意，领导刚一开口，他便说：“这事儿啊……你们找别人去吧！最好别打我的主意。”他就是这么说的，他真的一点儿也没客气，没等领导把话说完，就一转身离开了领导的办公室。

他甚至感到了一种无比的快意。

他当时以为，这件事儿就算到此为止了。

可是，自那以后，高玉铭的心里就总有一点不安。他说不上这是为什么。他总觉得自己做了一件不该做的事儿。他并不担心领导如何对待他，他觉得这无所谓。当然，他也知道领导不能把他怎么样，所以他根本不在乎。不，他想的不是这个，他想的是他自己。他的想法并不清晰，甚至还很混乱，就像他现在的生活一样。这么说吧，他对自己的生活——包括工作——实在是很不满意。别的不用说，只消想一想，自从参加工作以后，这么多年来，自己都做了一些什么呢？一天天坐在办公室里，把人闲得都快成为废物了……

事有凑巧。那天过后不久，纯粹出于无聊，他给几个大学同学打了电话，对他们说了“支教”的事儿。同学们反应各异，大致可分为三种情况：一是嘻嘻哈哈，觉得事不关己，调侃几句完事。二是特别愤怒，告诉他坚决不去，说领导这不是拿你当傻×嘛！在所有的同学中，只有一个人表示了与大家不同的观点，他说，玉铭兄，依我看，这件事你不妨考虑考虑，你有你的具体情况，你的情况和别人都不一样，这你应该清楚，出去待一段时间，换换环境，也换换心情，不一定是什么坏事儿……

这话让高玉铭心头一震，可说是触到了他的痛处。放下电话，他立即点起了一支烟。这支烟还没抽完，他已经打定了去的主意。他悄悄地看着办公室里的同事们，在心里说，在这儿，是多你一个不多，少你一个不少，还混个啥劲儿？不如下去干点儿实事儿，哪怕就上一天的课，那也是我为人类做贡献了，更何况我也的确需要换换环境，换换心情了……

主意一定，高玉铭立刻就去找了领导。领导显得很意外，还以为他要闹事儿，直劲儿眨巴眼睛，眼神儿高度戒备，待他说明了来意，才算镇静下来，立刻轻轻地舒了一口气，还假意为难了他几句，说，你不是不愿意去嘛，我们已经考虑别人了。他知道领导是在瞎扯，但是什么也没说。

事情很快就谈定了，领导高兴起来，说：

“到时候，我给你搞一个欢送会，披红戴花，搞得隆重点儿……”

高玉铭脱口道：

“别扯这些没用的，想拿我当猴耍怎么着？我可不想出洋相！”

领导当时特别尴尬，高玉铭发现了这一点。

后来，高玉铭把这事儿对马伟强讲了，马伟强当即惊叫了一声，说：

“我操！你也太不会说话儿啦！咱们领导心眼儿小，这可是出了名儿的，难道你不知道？”

“反正话已经说了，他愿意咋想就咋想吧，咋想都无所谓。”高玉铭说。

“然后呢？”马伟强问。

“然后就开始表扬我，说他早就发现了，我是个识大体顾大局的人，知道为领导分忧，有能力有水平。说他早有打算，让我担负更重要的任务，就是一直没有机会。”高玉铭说。

“哈！这对嘛！”马伟强说，“他要是不这么说，那就不是他了。”

# 5

差不多又过了半个小时，才陆续上来了三个人，最后一个人刚落座，赤红脸的中年妇女也上来了，一踏上车门口的踏板，就咋咋呼呼地连声说：

“走啦走啦！发车发车！”

大客车哆嗦了几下，发动起来，然后摇晃着驶出了长途车站，过不多久，又驶出了市区，城市被甩在了后面，视野开阔起来，乘客们似乎也松了一口气，有人开始轻声地唠嗑。

高玉铭活动了一下坐得快麻了的屁股，看着车窗外面掠过去又迎过来的风景，心中感觉到一种久违了的亲切。这让他想起了当年上大学的时候，每年至少要两次往返，就坐这样的客车。他的家乡就在本省，不过不在天涯县，那个县距离省城要近一些。

想当年，他可是他家那个镇子第一个考出来的大学生。他至今记得接到录取通知书那天的感受，记得当时的狂喜（就像人们常说的，那种感觉简直无法用语言来形容），可是，那种感觉已经没有了，很多年前就荡然无存了，被别的乱七八糟的东西取代了……

大客车飞快地行驶着，车窗外面艳阳高照，远处的天空湛蓝湛蓝的，阳光既柔和又绚丽，照耀着秋天的田野，田野呈现着这个季节独有的色彩，一片斑斓，有些地块儿已经收割了，看上去空落落的，那些尚未收割的地块儿，远看则一片苍黄，在一条条分布在田野上的窄窄的乡路上，间或可见一辆装满了庄稼的慢慢移动的马车，甚至看得见车老板儿挥舞的皮鞭，不过，你却听不见任何声音，仿佛在看一部无声的电影。

高玉铭看着车窗外面的田野，忽觉心情无比的开朗，无比的放松。这种感觉已经好久没有了。同时觉得心里千头万绪，各种各样的想法在头脑里不断地闪现，杂七杂八的，没有什么主题，一个想法刚刚出现，还没来得及细想，就被另一个想法打断了。这样过了一会儿，也许是过于放松的缘故，当然也由于昨晚睡得太迟了，忽觉一阵倦意袭来，不知不觉间，便缩缩脖子睡了过去，且睡得很沉，甚至打起了鼾。睡了没多久，大客车突然连续耸动几下，继而停下来。待他激灵一下睁开眼睛，即听中年妇女说：

“嗨嗨嗨！放水了放水了，下车放水了！”

大客车停在公路边上，离此不远有两间民房，其中一间是食杂店，房子旁边有个简易厕所，房顶苫着草席。大客车打开车门，乘客们好似获得了解放，急匆匆地下了车，一些人直奔厕所去“放水”，一些人去了食杂店，另外一些人一边抽着烟一边逛来荡去活动着手脚。

“是不是都好了？啊？上车，上车走啦！走啦……”过不久，中年妇女嚷嚷起来。人们似乎并没待够，对她的话置若罔闻。她接着又嚷："都别磨蹭好不好？再磨蹭天就黑了，黑灯瞎火的可别怨我啊……"

大客车停留了大约二十分钟，终于重新开动了，此后再没有停过，傍晚时分，风风火火地驶进了天涯县的县城。高玉铭下了车，在车门前面站了片刻，一时有点儿茫然，甚至生出了一种背井离乡之感，心里某个角落尖锐地刺痛了一下。他很快调整了一下情绪，这时正巧看见赤红脸的中年妇女从车上下来，便朝她一笑问道：

"大姐请问……上教育局怎么走？"

"教育局？"中年妇女拎着一只水桶，无疑想去打水，听见有人说话，似有一点儿吃惊，停了一下，才连珠炮似的说，"从这个胡同穿过去，那儿有一条大街，你顺着大街往西走，走着走着就看见了……"不等把话说完，就倒腾着两条粗腿，心急火燎地朝一个院子奔去。

高玉铭四处一瞧，看到了那个胡同，轻轻地吸了一口气，把行李扛在肩上，拎起旅行包，不久便穿过胡同，走上了那条大街。他判断这是一条主要的大街，路面铺着柏油，路中间刷着一条白线，看上去干干净净，街两边是一幢幢楼房，都不很高，多半在六层以下。其时暮色将临，西天晚霞万里，绛紫色的霞光涂抹在楼房的墙壁上，看去有如梦境，特别是一扇扇窗子，映照着灿烂的霞光，看似五光十色的，一派安静祥和的气象。

高玉铭一路走一路看，隔一会儿将行李换换肩，来到教育局时，头上已经冒了汗。不过，不知不觉间，心里那种刺痛感已经消失了。教育局是一幢四层的楼房，在一个院子里。待他来到教育局，发现人们已经下班，收发室的人看见了他，出来说道：

“你……是省里来的老师吧？”

“啊，是，是。”高玉铭说。

“哎呀，局长正等着你呢！走，我领你上去……”收发室的人说，同时走过来接过了高玉铭肩上的行李，用手提着，向办公楼走去。

高玉铭提着旅行包，马上跟上去。

两个人很快走进楼房，爬了几层楼梯，来到一个房间的门前，房门开着，收发室的人站在门口说：

“李局长，省里的老师来了。”

“啊，进来吧，快进来……”李局长正在沙发上看报纸，一边说话一边放下报纸，从沙发上站起来。

高玉铭和收发室的人一同进了屋，李局长迎过来，握住了高玉铭的手，说：

“欢迎来我们天涯县！欢迎欢迎！我们三天前才接到省厅

的通知，说你今天过来。颠簸了大半天，累够呛吧？”

高玉铭实话实说：

“不累不累，我觉得还行……”他突然发现，有些事情是必不可少的，比如这种客套。

李局长大约四十岁左右，长着一张胖乎乎的白脸，戴着一副白色镜框的眼镜，看上去精明强干（略微有那么一点儿社会气）。高玉铭后来得知，他本是县政府办公室的副主任，是为解决级别的问题才调到教育局来的。

李局长说：

“是不是还没吃晚饭？我也没吃。来，先坐下歇歇，喝点儿水……一会儿我给你接风……”

高玉铭先坐了。李局长给高玉铭倒了一杯水，递给他，也坐下来，又说：

“省里这个举措真是太好了，对下边的工作肯定会起到巨大的推动作用。接到通知以后，局里马上开会研究了一下，主要研究把你安排在哪儿更好……”

高玉铭没说话。在机关的时候，他经常听到这样的话，特别是那些从基层来的人，只要是上边的意思，他们肯定都会这么说。

接下来，李局长便对高玉铭谈了局里对他的安排，并且声明这是一个初步的意见，最后还是要看他的意见。主要的意思有两点，一个是留在局机关，协助局领导统筹全县的教育工作，一个是到下面的乡镇去，在教学的同时担任一定的领导工作，比方，当个副校长什么的。

高玉铭想了片刻，直言道：

“局机关就算了，这么多年就在机关，没什么劲……我看我还是去乡镇……”

李局长怔了一下，随即说：

“是吗？既然这样，那好，我们尊重你的意见。”停了停，又说，“别的话我就不说了……哦对，你想不想在县里待几天？看看市容市貌……如果不想，咱们明天就下去，我亲自送你去……”

高玉铭说：

“那就看你了，我无所谓。”说完立刻有些后悔，觉得自己说得太硬。这么多年他一向如此，嘴臭，说话就像扔石头，经常把人噎得一愣一愣的，为此不知吃了多少亏。今天到了一个新地方，本来他一直在提醒自己，说话一定要注意、要注意……没想到，结果还是冒了炮。

好在李局长并未计较，哈哈一笑说：

“这事儿明天再说……我让人通知一下几个副局长，我们给你接风。”

# 6

第二天，高玉铭即离开了天涯县的县城，来到了芳草地。芳草地是一个镇，从前叫芳草地公社，在天涯县东北，距县城八十里路，在两县交界处（相邻的县叫天堂县）。不过，因为李局长临时有个紧急的会，就没送他，而是指派了一位负责人事的干部陪他前往。高玉铭知道不是这么回事儿，心中暗想，我以后说话可真要注意了！教育局给他们派了一辆北京吉普。他们一早就出发了，由于路不好走，直至下午才到（途经一个镇子时，他们吃了午饭）。

吉普车直接开进了学校的操场。学校叫作芳草地中学，这是一所初级中学，只有初一至初三三个年级。操场相当宽阔，起码有几千平方米。操场的三面建了房子，一面为办公室，另外两面则是教室，所有的房子都是平房。也许由于操场太大，房子看上去都很低矮。在正对着办公室的位置，还有一个建筑。那是一个砖砌的台子，长方形的，大约十几平方米，四角各有一根刷着红漆的水泥柱子，柱子上端盖了一个铁皮屋顶，同样刷着红漆。

吉普车开到办公室的门前，未及停稳，就从一间房子里跑出来几个人。那位人事干部率先下了车，跟最后过来的一个满头白发的老男人握了一下手，待高玉铭下车后，即对他们两人说：

“来，我给你们介绍介绍，这位是省里下来支教的高老师，这位是芳草地中学的汪校长。”

“好、好……”汪校长看着高玉铭说，同时向他伸过手来。

“您好！”高玉铭一边说话一边握住了汪校长的手，汪校长的手特别瘦，握在手里就像握了一把干柴。

他的人跟他的手一样，也是那么瘦，几乎瘦骨嶙峋，透过身上的衣服——他穿着一件廉价的灰色西装——甚至看得见肩胛骨。本来个子就不高，再加上瘦，简直就像一个刚刚长大的少年。但是，他给人的感觉却非常好，尤其是他的眼睛，看去那么清澈，似乎也像个少年，然而又那么安静，安静中透着沧桑。说不上为什么，几乎一见面，高玉铭就对他产生了一种特别亲近的感觉，仿佛见到了亲人，心里忽地一热。

过了一瞬，汪校长把脸转向人事干部，询问地看了他一眼。人事干部明白了他的意思，说：

“那好，教职工们都在吧？再找些学生……你召集召集，开个短会，我代表局领导宣布一下局里的决定。”说着停了一下，“还有高老师的住处，你们安排好了吧？”

“啊，安排好了，就在办公室旁边，那儿……”汪校长伸手朝一边指了指说，“我们要不要过去看看？”

"待会儿再看。你先叫人把高老师的行李拿过去，就在车上。"

教职工和学生们很快就召集起来了，大家齐刷刷地站在台子前边的操场上（高玉铭等人则站在台上），听人事干部宣布了县教育局的决定，主要就是一点：任命高玉铭为芳草地中学的副校长，协助校长负责教学工作。

教职工和学生们随即噼里啪啦地鼓了一阵掌，听上去蛮热烈，有点儿虚张声势，一听就知道是出于礼貌，或者是出于习惯。

尽管如此，听着这片掌声，高玉铭还是激动了一下，以至于险些流出眼泪。

短会结束后，人事干部就乘车回县里去了。走前还没忘到高玉铭的新宿舍看了一眼，并且询问了一下诸如吃饭等问题，还特别嘱咐汪校长一定要好好照顾他的生活。

把人事干部送走后，汪校长笑着对高玉铭说：

"下午就没什么事了——有事明天再说——你先安顿一下，休息休息。晚饭也别上食堂了，就上我家去吃，咱们喝点儿酒，唠唠嗑儿，另外也认识认识我家里的人，以后也好有个照应。"

高玉铭点着头，连声说着好好，之后便回到了宿舍。宿舍位于办公室和教室之间的拐角上，原是一间贵宾室，此前专供上级领导临时在这里休息之用，因此很宽敞，且分里外间，里间有一铺火炕，外间有沙发和茶几，还有一张写字桌和一把大头椅子，此外，衣柜啊，水壶啊，台灯啊，也都一应俱全，应该说，条件蛮好。

他先打开了行李，在炕上铺好，接着又把旅行包里的东西一样一样拿出来，衣服啦，牙具啦，拖鞋啦，鞋油啦，还有一些书，该放哪里放哪里，该挂的挂起来……开始的时候，他的心情还很平静，可是不知不觉间，这种平静便被打破了，突然就被打破了！

不用说，这些都是他平常使用的东西，他对它们早已十分熟悉，现在，东西还是这些东西，仅仅换了一个地方，给人的感觉就完全不同了，正所谓物是人非。

一丝伤感涌上了他的心头，无依无靠的。

这种感觉就像一块石头，重重地压在他的胸口，让他心里隐隐地痛……

他知道自己骨子里是个脆弱的人，是个容易感伤的人，还是个忧郁的人，可是这些都无法改变了——当然，他也不想改变。

过了不知多久，他才逐渐缓过来，心里痛痛的感觉有一些淡了。

接着，他想起了单位里的一些人，想起了马伟强，想起了同一间办公室里的其他几个人，还想起了那位小心眼儿的领导。他想，他们这会儿正在干什么呢？马伟强又在看报纸吧？那几个女同胞大概又到菜市场买菜去了，如果没去，就一定凑在一起说自己的丈夫，要不就说服装。

他又想起了几个同学，他们也许正在打电话商量晚上去哪儿喝酒。以前，同学们喝酒喝得很凶，动不动就会有人喝醉，喝酒之后，还要唱卡拉OK，还要打牌，还要醉眼蒙胧地说话，说苦闷，说人生，说单位的领导，说家庭，说女人……一说到女人，大家立刻兴奋起来。有时候会一直说到很晚，甚而直至深夜，这才摇摇晃晃地来到酒店门口，随便钻进一辆“的士”，扬长而去。

不用说，那段生活是难忘的，可也令人厌倦。

他还想起了吴小燕。连他自己也不清楚，他怎么会想起她。她还没有达到令他牵挂的程度。他对她印象不坏，这是事实。作为女人，她也可以让他产生强烈的欲望（有好几次，他都忍不住想亲吻她，尤其是她又白又软的颈窝）。可是欲望归欲望，在他这个年纪，又经历了这么多事情，还有许多别的因素要考虑，而且不得不考虑。不过，经过这段时间的接触，他发现，她倒很少城市女人的那些毛病，没有她们那种令人讨厌的精明，也没有大多数人都有的肤浅。重要的是，她对他很好，这一点，他当然可以，或者说已经感觉到了……

高玉铭正自想着，腰间的手机突然响了，正是吴小燕的。她问了问他的情况，语气显得很客气。他如实回答了她。她告诉他注意身体，说你一个人在外边，又是乡下，生活条件一定很艰苦，要处处当心。接着又问他什么时候回去，他说他刚刚过来，要视情况而定，现在还不好说。听见这话她沉吟了一下，然后让他把通信地址和邮政编码告诉她，她要开一些常用药给他寄过来。他说邮政编码还不知道，等我问清楚发短信告诉你吧。由于说到了发短信，她给他提了个建议，说你最好换一个当地的手机卡，这样会少花不少钱……

高玉铭刚跟吴小燕说完话，汪校长就来了，笑着说：

“高校长，收拾东西呀？没休息了一会儿？”

“没有，不觉得怎么累……”高玉铭说。

“还是年轻呀，就是不一样啊。”汪校长说，“那咱们去我家吧。”

“行，走吧。”高玉铭说完，两个人便离开学校，到汪校长家里去了。

## 7

汪校长家在芳草地的前街，是一幢三间砖房，有一个独立的院落，不很大，院子里种满了花儿，有的种在花盆里，有的直接种在地上，除了一条过道，其余的地方几乎都被花儿占了。花的品种很多，凡是本地可以生长的，这里差不多都有，芍药月季牡丹仙人掌，有的过了季，已经凋落了，有的正逢其时，开得一片茂盛。一进院子，立刻就闻到一股浓郁的花香，同时瞧见满眼的鲜红嫩黄幽蓝素白。

一进院子，高玉铭就吃了一惊，并且发出一声轻微的惊叫：

“啊！”

汪校长见状一笑，道：

“都是我老伴儿和我女儿弄的，没事儿的时候我也插把手，我家的人都喜欢花儿……”然后便对花儿们点着头，似乎不经意地说，“我回来了……”就像打招呼一般。

高玉铭看在眼里，心中已对汪校长滋生了一种敬羡之意。

两个人进来不久，就从屋门走出来两个满面笑容的女人，其中一个年长的，头发已花白了，身穿一件浅蓝色上衣和一条灰色裤子，腰间扎着一条花布围裙，目光柔柔的，满脸的慈祥。另一个年轻许多，大约二十五六岁的样子，穿一身深灰色套装，留着齐耳短发，脸色白白净净的，略有一点儿羞怯，看上去干净清爽。

不必说，这一定是老伴儿和女儿了。

“这就是高校长。”汪校长紧走一步，对老伴儿和女儿说。

“啊，高校长！快进屋，快进屋……”老伴儿说。

"大婶，给您添麻烦了……"高玉铭说，同时红了一下脸（他还不习惯校长这个称呼），一边说话一边朝女儿点了点头，女儿笑了一下，算是回答了。

"哪里话？以后熟悉了你就知道了，我们家就喜欢热闹……"老伴儿说。

几个人一边说话一边进了屋。屋里和院子一样，也有好多花儿，不同的是，这些花儿都种在花盆里，花盆放在窗台上。

饭菜早已做好了，且已经摆到了桌子上，摆得满满的。还有一瓶酒，也放在桌子上。

"老汪，现在就吃吗？还是先说会儿话儿？"进得屋，老伴儿问汪校长，声音蔼蔼的。

"嗨，早饿得前腔贴后腔了，马上吃，有话边吃边说嘛！"汪校长说，语气豪气得很，又问高玉铭，"高校长，你是不是也饿了？"

"饿了，是饿了。"高玉铭附和地说。

几个人便在桌子前边坐下来，桌子是圆形的，汪校长坐在主人的位置上，高玉铭坐在他的左边，老伴儿坐在他的右边，女儿坐在对面。

汪校长哈哈一笑，指着酒瓶子说：

"来，咱爷俩儿喝两杯……"说着停了一下，问，"这么叫你不介意吧？"

“不介意不介意，就应该这么叫……”高玉铭说。

“我喜欢喝酒，天天晚上喝一点儿，不过喝不多，不知道你酒量怎么样？”说着看了看女儿，“卉儿，倒酒。”

“爸！”女儿看了汪校长一眼，无疑是怪他叫了自己的小名。随即站起来，一边给高玉铭倒酒，一边说，“我叫汪卉，也在芳草地中学工作。”

“差点儿忘了跟你介绍，汪卉是芳草地中学的英语老师。”汪校长在一边说。

听见这话，高玉铭的心突然“噗”地一跳。自从见到汪卉，他就觉得她像一个他认识的什么人，现在他想起来，她像极了他中学时的外语老师——只不过她不教英语，而教俄语。

“高校长，”汪校长举起了酒杯说，“来，我们喝酒。你看，也没啥好菜。酒还可以，这是当地的小烧，味道很纯，地道的粮食酒。我喝了几十年，别的什么酒都喝不惯了。你们城市人，好酒喝多了，就当换换口味……来，第一杯干了吧？”

两个人把酒杯往一起凑了一下，一口把酒喝光了。

“咋样？”汪校长看着高玉铭问。

“好！这味道……嗨，这才是好酒。”高玉铭道。想想又说，“老实说，我算不上一个城市人，我家也是一个镇子，考大学考出来的。尽管在城市住了这么多年，总觉得自己像个过客。”

酒又倒上了。这次高玉铭率先端起了酒杯，客客气气地说：

“汪校长，这杯酒我敬您。谢谢您这么纯的酒，谢谢您家的这些花儿，它们让我对您另眼相看……今后，在工作上和生活上，都离不开您的帮助，您是长辈，特别是工作上，还希望您多多地指教我……”

“你说花儿？没办法，我这人平生就这么个嗜好，喜欢花儿，打小就这样。我知道你的意思，我没你想得那么高深……”汪校长笑着说，“要说帮助，这是应当的。你大老远来到这儿，怎么说也不容易。你要是瞧得起我，还有我们家，今后就常过来。至于工作嘛，有的是时间说，这会儿就不说了，要说就说点儿家常话儿……”说完把酒一口干了。

高玉铭也干了。

两人都用的是那种瓷酒杯，一杯能盛五钱酒。这以后，他们便一杯接一杯地喝，一边喝酒一边说话儿，按照汪校长的“要求”，说的都是家常话儿。这其间，汪校长说了一些芳草地的情况，包括人情世故啊，婚姻嫁娶啊，人口啊，经济状况啊，人们的营生啊，听得高玉铭兴趣盎然。

高玉铭也说了一些自己的情况。包括他的家世，诸如父亲母亲、兄弟姐妹，等等。有一些是他们——主要是汪校长——问到的。比方何时上的大学，所学什么专业，等等，高玉铭都如实做了回答。当然也说到了婚姻。说到这点时，高玉铭曾经犹豫了片刻，不过最后还是说了实话。大概这个问题过于敏感了，几个人当时都愣了一下。

这样，一杯又一杯，不知不觉，两人居然把一瓶酒喝光了。

残存的理智告诉高玉铭，他不能再喝了，再喝就完蛋了！

尽管这样，在他告辞离开的时候，仍然觉得身体有一点儿轻飘。接着，他又轻飘飘地走过了芳草地的既陌生又熟悉的街道——汪校长要送他，怕他找不到回去的路，被他拒绝了——回到了住处。奇怪的是，这时候他倒觉得沉重起来，不光身体沉重，脑袋也沉重。这样，他简单地收拾了一下，洗洗脸，刷过牙，赶紧上了床。

躺在床上，他迅速回想了一下这一天所经历的事儿，想了一下人事干部，想了一下汪校长，又想了一下俄语老师和汪卉，在心里说，哦，她们确实很像啊！然后便睡着了……

## 8

从这天开始，高玉铭便在芳草地住下来，在担任芳草地中学副校长的同时，还担负初三年级的语文课。这些年一直在机关里混，好多在大学学到的东西都生疏了，尤其是那些基础的东西，不得不重新温习。他为此买了许多语文基础知识的书，每天认真地读，还大量记笔记。除了工作以外，余下所有的时间他都在做这件事，包括夜间。

一到夜间，整个校园，甚至整个芳草地，都十分安静。因为没有灯，偌大的操场漆黑一片。星光则特别明亮，星星密密麻麻的，就像粘贴在黝黑的天幕上一般，看去是那么近（几乎近在眼前）。每当这时，坐在桌前的高玉铭，都觉得心里一片安宁，安宁如一潭清水。同时又那么愉快，愉快而又踏实，使他仿佛觉得又回到了学生时代，回到了高考前的那种状态。

而他最觉愉快的时候，还是在上课的时候。每一次上课，他都十分认真，可说是全心全意，就是说，其他的事情一律不想。一节课下来，常常会累得满头是汗，觉得舌头都变硬了，好像嘴里含了一块死肉，须用很大的劲儿才能翻动一下。学生们听课也是认真的，几十个人把几十双眼睛紧紧地盯住他，每一双眼睛都黑亮黑亮的，让他心里平生一种感动，感动就如一片温水，浸润着他的心，让他禁不住想起自己的上学时候的情景。

他的课受到了学生们的欢迎。这是他没有想到的，起码最初没想到。其中最受学生欢迎的是作文课。大概因为自己也喜欢写文章，他讲起作文特别得心应手，谋篇呀，布局呀，如何更好地表达自己的思想呀，都讲得头头是道。最让同学感兴趣的，是他可以举出大量的例子，有时候还把自己发表的文章拿出来，现身说法，从如何产生写这篇文章的想法说起，一直讲到文章写完，包括修改了几遍，为什么要改，为了说明问题，他还把文章的初稿和定稿复印了发给学生，让他们自己进行比较。每次讲完自己的文章，他都会认真地说：

“这篇文章写得不好，本来可以写得好些，可我就这个水平了。”显得特别不好意思。

学生们立刻报以会心的轻声的哄笑。

在写作文这方面，学生们普遍面临的问题是没什么可写的，写出来的文章常常让人觉得空洞，明显看出来为了凑字数而在那儿硬挤。他很快发现了这一点，想了好几天，后来想出了一个题目，叫《我家那条街》，还告诉学生，这篇文章没什么主题思想，可以随便写，可以写住在街上的那些人，也可以写发生在街上的事儿，只要你觉得有意思就行。后来他们写出来了，收上来一看，连平时最头痛写作文的人都写了好几页。

因为受到学生的好评，他的课很快就引起了学校的重视，不久，汪校长便组织全校老师来听他的公开课。公开课很成功。课后，汪校长作了讲评，评价特别高。高玉铭谦虚了一番，红着脸说了一些继续努力之类的话，可是心里却高兴得不得了，也颇觉得意（所幸没有忘形）。

说来，他还当着副校长。然而，这方面却没什么好说的。一来，主要的事情都由汪校长来定，汪校长当了这么多年的校长，经验丰富自不必说，特别熟悉本校的情况，而且做人正派，又兢兢业业的，什么事情都考虑得十分周到。二来，他并无这方面的工作经验，又初来乍到，一点儿也不了解情况，根本就没资格说三道四。还有一点特别重要，就是他对这个没什么兴趣，况且他特别清醒，知道自己是干啥吃的，知道他这个副校长不过是教育局对上级做出的一种姿态。

他清楚地知道，除了工作之外，实际上，他和这里再也没有其他关系了，工资还是原来的单位发，会按时给他寄过来。

他认为自己并不傻。

当然，他也并非一点儿事情不管。带领教师进行业务学习和政治学习呀（就是读报纸），给学生开大会呀，参加学校组织的教研活动呀，包括轮流去听老师们讲课。而且，尽管他时刻提醒自己，偶尔仍然会说一些激烈的话，特别是针对某些不好的现象，他会忍不住发表自己的意见。不过，常常是事情一过他就会后悔，问自己：你什么时候才能够真正地成熟起来？

时间过得快，似乎眨眼间，已经过去了一年多。

这期间，自然也发生了一些别的事儿。其中一件，是高玉铭的同事马伟强把那个领导给揍了。马伟强要“提科”，各方面的条件也符合，因为领导对他有看法，结果没提上，早气得鼓鼓的。这是事情的前因。这件事过去不久，领导去了一趟海南，开个什么会。随行的人里有一个女的，很漂亮，是马伟强的好朋友。这女的从海南回来，悄悄告诉马伟强，说在海南的时候，领导曾经要对她怎么着。马伟强一听就火了，说这狗东西，我替你出出气怎么样？这女的说好。

这以后没多久，单位搞聚餐。马伟强往身上撒了一些酒，装出一副喝醉了的样子，摇晃着来到领导跟前，要给他敬酒。领导是个装假的主儿，每次聚餐都在面前放一杯白开水。马伟强指着水杯对领导说，梁头儿（领导姓梁）怎么喝这个？听说您有时候很能喝嘛！我这杯您一定得喝了！说着把水杯里的水给泼了，倒了满满的一杯酒。领导很生气，死活不喝这杯酒，还说马伟强你胡闹什么？马伟强说这就是您的不对了，端起酒杯就泼到了领导的脸上。领导急忙在眼睛上乱擦。马伟强趁机又给他一拳，打得领导一头栽倒在地，鼻子还流了好多的血……

这事儿是马伟强打电话告诉高玉铭的。高玉铭担心地说：

“咳！你怎么能这么做？后来怎么样了？没受什么处分吧？”

“处分倒没有，把我带到了派出所……”马伟强说，“我一口咬定喝酒喝多了，又有人作证，最后算我酒后闹事，罚了二百块钱，我就回来了。”

“以后可别做这种傻事儿了，犯不着，”高玉铭说，“再说，你以后还得在他手下工作呢，这样有你的好儿嘛！”

“我不在乎。没几年他就该退休滚蛋了。跟你说，老早我就看他不顺眼，狗头骚脑的，身上一点儿正气也没有！这下看他还敢不敢瞎起性了……”也许自觉说得有趣，话没说完，马伟强就大笑起来，笑得特别开心。

高玉铭也忍不住笑了。

另外一件，是他连续写了几篇散文，寄给了跟他约稿的女编辑，并且全部发表了。几篇散文写的都是他到芳草地以后的感受，其中有描绘芳草地的景致的，有介绍芳草地的历史风貌及种种传说的，有讲述芳草地的生活现状和人情世故的，有写他自己来到芳草地以后心灵和情感所发生的变化的。这些文章他都给学生们看了。有一次，汪校长还专门找到他，把他大大地夸奖了一番，说，高校长，昨天我看了你写的文章，汪卉拿回家的，写得好！尤其是写你来芳草地以后的那篇，我都感动了……

还有一件，是吴小燕到天涯县来过一次。不过没到芳草地来。她说她奉命到天涯县卫生局办事，只有一天的空闲。那天刚好是星期六，他便赶到县里，见到了她，晚上也没回来，两人在招待所住了一晚。吴小燕无疑早有准备，还带了避孕套。不用说，两个人都挺饥渴的，心都狂跳着，她搂着他的脖子，他吻着她的颈窝。总之，开始的时候，一切都很好，他也很强壮。可是，开始没多久，他就觉得不行了。他总感觉黑暗中有一双眼睛在盯着自己，盯着他的后背，盯得他后背发麻。那双眼睛又大又亮，却充满了哀怨和凄楚，让他无法集中精力，让他不安。渐渐的，他终于松懈下来。

当时，吴小燕别提多失望了，甚至有些恼怒，好在她什么也没说，而是立刻去了洗手间。高玉铭无疑很沮丧，不过也暗暗地松了一口气。而且一直在心里想，那双眼睛是谁的，应该是谁的？

一会儿吴小燕从洗手间回来了，尽管仍然心怀怨气，看上去已经缓和多了，站在地上想了想，最后还是上了另一张床。上床后，还隐忍着说了好多的话。说了她的前一次婚姻，说了她对婚姻的看法，说她的确很喜欢高玉铭，说她早就侧面了解过他的情况，知道他在单位的处境，知道他为人处世的某些特点，包括一些毛病，知道他很老实，但是脾气有点儿倔，知道他的想法跟大多数人不一样，有时候挺怪的，还知道他的经济条件不太好，没有什么钱，可她还是决定跟他交往，因为她觉得他本质上是个好人，这比什么都重要……说着说着，也许有点儿伤感，还发出了一声哽咽。

第二天一早，他送吴小燕离开了天涯县。

“昨晚的事儿你别有什么负担，一次不行不要紧的，你就是太紧张了……我是医生，这方面知道得比你多……”临分别的时候，她这样说。

## 9

自从来到芳草地，高玉铭发生了很大的变化。变化最大的是他的心境。最明显的感觉，是现在的一切都变得简单了。工作简单了，生活也简单了。一日三餐不用自己操心，他又要求不高，有什么吃什么，填饱肚子即可。每天按时入睡按时起床，早晨睡醒后还可以在炕上犯一会儿懒，躺在那里倾听从镇子里传来的各种声音，所有的声音都隐隐约约的，脚步声，说话声，还有各类牲畜的叫声。

这其中，他最喜欢听的是门声，包括开门声也包括关门声。因为镇子小，门声会听得很清楚。自打来到芳草地，他基本都是在门声中醒来的。每天一睁开眼睛，首先听到的就是门声。有时候是“吱呀”一声，这是有人把门打开了，有时候是“砰”的一声，这是又把门关上了。

开始的时候，门声还很稀疏，东一声西一声的。门声颤动着，宛若无线电的电波，会先在耳朵里回响一阵，然后才消失掉。接着，门声渐趋密集，这边刚刚响过，那边又响起来，此起彼伏，连续不断，仿佛镇上所有的人都在不停地进进出出……

这时候，他虽然已经醒了，却不会很快起来，而是继续躺在那里，身心都十分放松，全心全意地倾听着门的交响。这声音会让他的心里安宁，安宁而且温暖，会让他浮想联翩，会让他想起自己的童年岁月（对，他就是听着这样的门声长大的），会让他想起当初许多琐琐碎碎的事情，会让他回想起当初的一些梦想，幼稚而不着边际，还会让他心里痒痒的，有一种没着没落的感觉。

一待门声渐渐密集，他就会从炕上爬起来，而且动作十分迅速，就像人们常说的那样，“一个鲤鱼打挺，翻身下地……”

等到穿戴整齐，洗漱完毕以后，他还要跑一会儿步，脚穿一双运动鞋，绕着操场的边缘跑，跑一圈要用半个小时，若在下霜的季节，还会在地面留下清晰的脚印，大大的，每个脚印相距一米。记得刚来那会儿，他还跑不了这么远，而且特吃力，跑一会儿就气喘吁吁。现在已经没有那种感觉了，跑起来十分轻松，甚至连脚步声都听不到。

在他跑完步，又吃过了早饭，学校便热闹起来，学生和老师陆续到来，给校园带来了喧闹，也带来了生气。特别是学生们，一见面就叽叽喳喳，有的到水房去打水，有的在教室搞卫生，每个人都忙忙碌碌的，校园里处处晃动着他们单薄的稚嫩的身影，每一个身影都充满了天然的青春的气息。

在他眼里，他们都是好孩子，都很朴实，也很有礼貌，见到他都会说“老师好”。他们当中有三分之二是农家子女，住在芳草地下面的各个村子。和城里的孩子不同，他们的经济状况多数都不太好，有的还很困难。每当看见他们，他都会生出一份怜惜之情，让他心里一痛。这是真的，其中没有任何虚饰的成分。

学生中有一个男孩子，学习特别用功，父亲母亲都因病去世了，他和一个弟弟跟奶奶一块儿生活，家里的承包田租给了别人种，每年只得到三个人的口粮，别的就什么都没了，其他的费用，诸如买盐，包括买一些零用品，只能靠奶奶养的几只鸡（用鸡蛋换钱，当地人称作“抠鸡屁眼儿”）。

听到这个情况后，他找了一个星期六，到学生家里去了一趟。事实比听到的还要糟，可说是触目惊心。房子相当破旧，窗上连玻璃都没有，蒙着一块塑料布，进门是一个灶台，旁边一个水缸，里屋有一铺炕，靠墙叠放着几床被子，此外就什么都没有了，没有桌子，也没有柜，只有一只四脚方凳。据说原来是有的，为了给父母治病，把家里值钱的东西，连同原来的房子，都卖了。

学生显得十分窘，因为事先并不知道他要来，甚至显得很害怕，脸顷刻变得煞白，嘴唇哆嗦着，半天才颤颤抖抖地说出了一句话：

“老师……好……”

听见这话，他差一点儿没流出眼泪（眼泪已经涌上了眼眶）。这不光因为他们的贫穷，还因为学生当时的样子。他为他伤感，他心里热辣辣的，十分十分酸。

他在学生家里坐了一会儿，学生的奶奶给他舀来了一碗凉水，他问了问学生的学习情况，临走的时候，掏出了身上所有的钱，那是几张百元大钞，试图留给他们。他注意到，刚看见钱的时候，奶奶的眼睛马上亮了一下，不过亮光很快就消失了，随即表示这个钱他们不能收，坚决不能收……看看实在没有办法，他最后只好把钱使劲儿扔到炕里，趁他们去拿的时候，快步离开了那里。

走在回芳草地的路上，他当时没有流出的眼泪终于流了出来。他心里特别难过。他不断地回想着学生家里的情形，回想着奶奶的刹那间的眼神儿，回想着学生当时的窘态，回想他当时害怕的样子，继而又回想他苍白的脸色，单薄的身体，越想越难过，心里就像针刺一般。他想象不出这些年他们是怎么生活过来的。他很为学生担忧，担忧他将来的日子怎么过……

老实说，他已经很久没为什么事情如此动情了。

怎么说呢？已经许多年，他心里一直有种干旱的感觉，似乎患了什么病。这种病会让人变得麻木，对什么都缺少热情。就像一个人吃得太饱一样，心里装了太多乱七八糟的东西，单位啊，领导啊，斤斤计较的，整天处于愤愤不平的状态（还自以为很高尚），心被塞得满满的，消化功能几近丧失，从内到外都冷冰冰的，似乎再没什么事情可以引起兴趣。即便是目睹了一场车祸，也只有片刻的震惊，过后很快就会被忘掉。有时候被朋友拉去听音乐或者看电影，不论多么感人，也会像河流中的石头一样，任凭河水从上面哗啦哗啦地流过去，再不像当年那样，对什么都那么敏感，那么好奇，那么大惊小怪。据说这是一个人成熟的表现，难道果真如此吗？

唉……

他一路慢慢走来，回到芳草地中学已经快到吃晚饭的时候。他看了一下手表，心里想，我干脆直接去食堂好了……想着便往食堂走，走了没几步，不料看见了汪卉。

“高校长……”汪卉站在距他五米远近的地方，打了一声招呼。

“汪老师，又给学生补课啊？”他停下来，看着迎面站在夕阳里的汪卉说。此刻的光线明丽柔和，犹如一阵细雨，把汪卉洗得一尘不染。

“帮几个学生背背单词，这样效果好一点儿。听说你家访去了？”汪卉说。

“是。我去了一趟前川。”

“啊！”汪卉有些震惊，认真说，“那是一个好学生……”

“我真希望他能把书读完……”随即改变了话题道，“汪校长在家吗？”

“在家，看书呢。”

“是吗？看的什么书？”

“养花儿的书呗，《花木栽培大全》什么的。”

“哈！好啊……”他由衷地说，然后又说，“你妈妈呢……

她也好吧?”似乎不想马上结束谈话。

“噢，昨天她还跟我爸说起你，说你怎么这么多天不来我家?”

“哈！我这人，最怕给人家添麻烦。你跟你妈说，过几天我一定去……”

“她还说，你一个人在这里，不定多孤单呢!”

“还好……”他心里突然动了一下，被触到了痛处，“这么多年在外头，差不多已经习惯了……”

“是吗?”停了片刻，汪卉轻轻地说。

两人又说了几句别的话，然后汪卉就离开了。高玉铭看着她的背影，心里暗暗有些感动。因为不是上班的时间，那天，汪卉穿了一身平日少穿的运动服，深蓝色的，看去十分合体，十分朴素，就像她这个人一样。她的朴素并不仅仅体现在穿着上，而是体现在所有的言谈举止上，或者说，从她身上渗透出来的气息都是朴素的，也许可以说，她的灵魂就是朴素的灵魂。这是高玉铭长期观察得出的结论。

这种朴素就如一阵轻风，会让人觉得清爽。

尤其是，高玉铭曾经见过那么多“乌七八糟”的人，包括女人。

而汪卉肯定与他们不同，特别明显的一点是，她似乎没有那么多的心机，也没有那么多的“愿望”。她的生活就像一只灯泡那么简单，包括生活的目的（目的决定一切，他这样认为），包括做事情的态度。

还有她的经历，同样也是简单的。据他所知，她小学和初中都是在芳草地念的，又在天涯县读了高中，然后考上了师范学院，毕业后回到了芳草地中学，直到现在。据她说——高玉铭跟她唠过嗑儿——师院毕业时她本应留在县里的中学，为此她也犹豫过，想来想去还是回来了，因为她想家想得太厉害，根本离不开父母……

“我胆子太小了，想都不敢想离开父母怎样生活……”那次她说，又道，“我是不是太没、没出息了？”

看着汪卉的背影，高玉铭不由再次想起了他中学的俄语老师，想起了她上课时的某个神态，想汪卉跟她确实有一点儿相像……

## 10

大约一个月后，也是傍晚时分，也是星期六，高玉铭刚吃完晚饭，正想回房间，突然看见汪卉从校门口急匆匆地跑进操场，老远就大声说：

“高校长，不好了……”

他心里一惊，眼睛紧紧盯着跑过来的汪卉。

“我爸把腿摔断了……”汪卉一边跑一边气喘吁吁地说，

“疼得不行……”

“什么！”他大惊道，“他在哪儿？”

“在家……”

“走！快走……”两个人风风火火地向汪卉家里走去。

“今天下班，我和我爸回到家……我爸说要浇浇花儿……浇完了，想把一个花盆儿挪挪地方……不知怎么就摔倒了……疼得直叫……我和我妈赶紧把他抬到了炕上……”汪卉一边走路一边向他介绍情况，同时剧烈地喘息着。

两个人很快赶到了汪卉家里。汪校长一脸冷汗，身上的衣服都被汗水浸湿了。汪卉的妈妈坐在汪校长身边，一边心疼地直抽冷气。高玉铭看看情况，说一声：“上医院吧……”

然后把他背到背上，一溜小跑向镇医院赶去。

汪校长不停地“哼哈”着，抽空儿对高玉铭说：

“辛苦你了高校长……这可真让我汗颜呐……”

“没事儿没事儿……这是应该的……”高玉铭喘息着说。

“幸亏我长得瘦小，不然还不把你累个好歹的……你说是吧？”汪校长说，说完还“嘿嘿”笑了两声。

高玉铭也笑了，只是没笑出声儿来。

不久来到了镇医院，大夫做了检查，说是膝盖出了问题，具体什么程度还说不上来，要拍过片子才知道，可他们这里没有那个设备，他建议去县里的医院。

“这个病说轻就轻，说重就重，关键是位置不好，恐怕还要做手术……要是弄不好，残废了也难说啊。”大夫说。

听大夫这样说，把汪卉和她妈妈都吓坏了，连说那就快上县医院吧，一边说话一边朝高玉铭看，明显要他拿主意。

“好，去县医院!”他说。

经过一番紧张地准备，雇了一辆“跑线”的面包车，一行人即刻向天涯县赶去。汪校长被安排躺在车后面的长座位上，这是全车最颠簸的地方（别的地方又躺不下）。尤其是刚出芳草地这一段，路况很不好，车颠簸得厉害。把汪校长颠得一起一落，就像一件包裹。这样，他的腿就愈发的疼，有时候会疼得叫出来。

为了减轻颠簸，减轻疼痛，只好把他的腿抱在怀里。这件事由高玉铭和汪卉轮流做。高玉铭抱一会儿，汪卉再来接替他。在一次疼痛的间歇，汪校长说道：

“看来我是太轻了，要是我沉一点儿，它就颠不动我了……”

“这么疼还说话？快别说了……”汪卉的妈妈说，她专门负责给汪校长擦汗。

“说话可以分散注意力，减轻痛苦，不懂了吧……”汪校长说。

大概过了将近三个小时，他们终于来到了县城，又找到了县医院。这时天已大黑了。高玉铭再次背起了汪校长，把他背到了骨外科。在等候大夫来检查的时候，汪校长说：

“车还没走吧？高校长，你跟车回去吧，有他们娘俩儿在这儿就行了。”

“那怎么行？我还是在这儿好。多一个人多一份儿力。反正明天也不上课。”高玉铭说，说着看了汪卉一眼，完全是下意识的。

值班的大夫过来了，这是一个中年妇女，她迅速检查了一下，说：

“噢，半月板损伤……得拍个片子，今天不行了，要等明天上班。估计要手术，得住院。我先给你处置一下，一会儿挂一瓶消炎药，再开一点儿止痛药口服……”说得平平静静的。

处置的时候高玉铭在场。好家伙！膝盖那儿已经红肿起来，肿得就像一个刚出锅的馒头，光溜溜的。大夫在上面清洗了一番，涂抹了一种药膏，又用纱布包扎起来，然后说：

“好了，去病房吧，上二楼，203 室。还有，尽量少活动。”

来到病房，大家服侍汪校长躺下来。

不久护士进来了，要给汪校长挂“点滴”。一看见护士手里的针，汪校长立刻吓白了脸，还以最快的速度把两只手压在身子底下，就像个怕打针的小孩子。

“大爷，你的手。”护士说。

“呃，这个，这个……”汪校长看着护士，眼睛里充满了恐惧。

“怕疼啊？没事儿没事儿，我技术很高的……”护士哭笑不得。

“老汪，别出洋相，快把手拿出来！”汪卉的妈妈半哄半吓地说。

知道躲不过去，汪校长这才哆哆嗦嗦地伸出了手，却紧紧地闭上了眼睛。护士的技术果然很高，很快把针扎进了他的手背。

“没办法，我从小就怕，怕打针……”护士离开后，汪校长对高玉铭说。

“啊，没关系，我也是……”高玉铭说，没想到他会这么孩子气。

吊针挂上后，又口服了汪卉从药房取来的药片，汪校长渐渐安静下来。折腾了这么久，再加上腿痛的折磨，显然他已经疲倦不堪，所以不久就睡着了。

高玉铭他们在房间里停了一会儿，因怕影响病房里其他人休息，便来到了走廊……这时护士走过来，说：

“三床是不是睡着了？那就没事儿了……不过最好留一个人，病人早上会上厕所，你们得帮他接，这样会方便点儿……明白我的意思吗？”

“啊，明白明白……”高玉铭说，“那，有没有睡觉的地方？”

“这儿有折叠床，出租的，一晚上十块钱……”护士说。

高玉铭决定自己留下来，让汪卉和她妈妈找一家旅店休息。开始汪卉和她妈妈都不同意，不过他最终说服了他们，然后带他们在医院附近找了一家旅店。

在高玉铭离开旅店时，汪卉的妈妈说：

“唉，这可真是的！高校长，那就辛苦你了，明天我们早点儿过去……”

汪卉站在妈妈身边，看出也想说什么，最终却什么都没说，只是默默地点了一下头。

高玉铭也点了一下头，然后就离开了。回到医院，先去看了看正在熟睡的汪校长，又到护士那儿租了床，还有被子，在走廊里支好，在上面坐下来。

不用说，经过这番折腾，他也很累了（尤其是两条腿，酸酸的）。可是，他却一点儿睡意也没有，感觉脑子特别的清醒。不过，清醒尽管清醒，却又不知道自己在想什么。

一忽儿，他想起了汪校长刚才说的那些话，一忽儿，又想起汪校长红肿的腿，再一忽儿，突然又想到了汪卉，想刚才离开旅馆时她看他的眼神儿。从她的眼神儿里，他看到了对他的信任，不，看到了对他的依赖，不，看到了对他的倾慕……不，他说不清他看到了什么。

不过，他完全看得出来，她看他的眼神儿绝不是一般意义上的眼神儿。

老实说，这让他感到不安。当然，也并不完全是不安，其中也有欣慰，甚至还有……幸福。

原因很简单，他也喜欢她。喜欢她的朴素（就像前边说的那样），喜欢她的安静，喜欢她的自尊。经过这么长时间的接触，他早已发现并且断定，她是一个好女人。这样的女人是天生的，天赐的，根本不是修炼来的，与你读了多少书无关，与你的修养也无关。所谓的修养不过是一张皮。有的人即便读了博士后，该不要脸还是不要脸。

而且，他也喜欢她家的人，喜欢汪校长，喜欢她的妈妈。在他眼里，他们都是朴素善良的人，就像他家的人一样。

现在的问题是，他不知道他是否应该这样，不知道应不应该喜欢她。就是说，他很矛盾。他不知道自己会带给她什么。毫无疑问，他会打乱她现在的生活，会打乱她内心的平静。可是，问题在于，他会不会给她带来幸福？或者换一种说法，会不会给她带来不幸？从目前的情况看，他不可能留在这里。这才是事情的关键。他早已不是个孩子了，他必须要对别人，也对自己负责任的……

他这样胡乱地想着，最后总算来了睡意，便将被子往身上一裹，躺在折叠床上睡着了。不知睡了多久，突然有人叫醒了他。

“快去，三床要上厕所……”原来是那个护士。

他正睡得懵懵懂懂，听见这话，一下从床上起来，就往病房跑。护士马上又叫住他，递给他一个塑料的接便器，说：

“会用吗？放到他身子底下……”

“啊，会用……”他说。

高玉铭帮汪校长解过手，刚在厕所冲洗完接便器，就在走廊里碰见了汪卉和她妈妈。

“你……”汪卉看着他手上的接便器，脸即刻就红了，说。

“高校长，真是辛苦你了……”汪卉的妈妈也看见了，这样说。

“这么早哇，你们……”他轻轻一笑，说。

之后不久天就亮了。医院一上班，大夫就给汪校长拍了片子，结果是必须做手术。手术是上午做的。因为手术比较简单，只做了一个小时左右。从手术室出来，汪校长的腿上打了石膏，看上去直挺挺的，而且又白又粗。

由于打了麻药，刚从手术室出来的时候，汪校长似乎还有点儿迷糊，不过很快就清醒了。

“啊，一点都不疼了……”他说，“没事儿了，我看没事儿了……”

“那是麻药没过劲儿。大夫说，你得住三个月的院呢。”汪卉的妈妈说。

“三个月？这不得把人住疯啊！”汪校长吃了一惊，立刻有些懊丧，过一会儿，似乎有了主意，甚至有些得意，道，“那就先住几天，看看他们怎么给我治的，过后我就要求转院，回镇医院治去……”然后想了一下，对高玉铭说，“高校长，手术也做完了，你回去吧。回去准备准备，明天还要上课。汪卉也回去，这儿有她妈就行了。我不在的这些日子，学校的事儿你就多操操心，遇到问题该咋办咋办，别有顾虑……”

这天下午，高玉铭和汪卉坐上了长途汽车，一块儿回到了芳草地。

高玉铭后来得知，那天一回到家，汪卉就哭了一场，把眼睛都哭肿了，她自己也说不清为什么哭，心里乱糟糟的，就是想哭……

## 11

接下来的这段时间，是高玉铭来到芳草地以后最忙乱的一段日子。学校所有的事情他都要过问。教学安排，卫生检查，安全保卫，包括老师之间的矛盾口角，大小事情天天都有。他计算了一下，从早上起来（确切说，是吃完早饭），直到晚上入睡，平均每半小时就有一件事情要他处理，起码需要他做出决定，用流行的话说，叫拍板。日常的事情还好办，最让他头痛的是一些突发事件。诸如学生之间突然发生了冲突，一个同学把另一个同学打得流了鼻血，等等，都要由他处理，弄不好会牵扯到家长。

这期间，把汪校长从县医院接回了芳草地。

汪校长在县医院住了差不多一个月，烦得不得了。别的不用说，每天吃医院做的饭，早把他吃得腻腻的，“闻到那味儿我就想吐，别说吃了……”他这样说。

“……还有那些花儿，”停了停，他又道，“跟你们说，我可是天天都在惦记它们。就说那花香味儿吧，一进院子就能闻到，满鼻子都是，夜里做梦都香喷喷的。我也担心你们，担心你们忘了给花儿浇水，让人家渴着。”

所以他软磨硬泡，非转院不可。医院没办法，交代了一些注意事项，只好给他办了手续，转到了镇医院。回来的当天，汪卉的妈妈就亲手给汪校长做了一顿饭。汪卉怕妈妈太辛苦，提出要替妈妈做，当即就被汪校长拒绝了。他说：

“不行不行……我就想吃你妈做的饭，都快想疯了……”

汪校长回来以后，高玉铭才感觉轻松了一点儿。尽管仍旧是忙，但是许多问题可以找他商量，甚至就由他做出决定，只需照他说的去做就成。学校离镇医院并不远，高玉铭经常过来。当然，除了工作上的事儿，他们也会谈些别的，谈谈病情和时事什么的。到后来，高玉铭甚至每天都要来，似乎已经成了习惯，就像好邻居互相串门一样。偶尔还会碰上他们一家人在这里吃饭（饭是在家里做好后端过来的），如果饭菜比较好，或者他还没吃饭，就会跟他们一起吃。

又在镇医院住了两个月，汪校长终于出了院。

就在汪校长出院后的第三天，高玉铭接到了一个由天涯县教育局转过来的通知，主要的意思，是说这次“支教”时间已到，让所有参加“支教”的人员做好准备，待本学期结束后即从“支教”地点撤离，回原单位报到。

应该说，这本是意料之中的事。尽管如此，在看到通知时，高玉铭还是有点儿吃惊——他说不清何以如此，也许因为把这个碴儿给淡忘了。

他把通知拿给了汪校长。汪校长看过也很吃惊，说道：

“这么快呀！两年的时间就这么……啊？”

汪校长坐在一把大头椅子上，旁边放着一副拐杖，因为他的腿还没好利索，走路还要拐杖帮忙。按照大夫的说法，像他这种情况，最好要固定六个月，那样才可以完全恢复，而他只住了四个月不到，就怎么也住不下去了。

“真是够快的，如果算上这个暑假，到期末正好两年……”高玉铭说。

“是呀……那你打算什么时候走呢？”汪校长回想了一下，说。

“我还没谱，期末放暑假的时候吧……”

“这么说，还有不到一个月了……”

“还有三周多。”

“说来这也是意料中的事儿，只是一直没往这方面想……”过了片刻，汪校长说，与高玉铭的想法一样。“唉……不管怎么说，你总算熬出头儿了，这是好事……祝贺你！”汪校长说着笑了一下。

高玉铭没说话，不知为何，他的心情突然有一点复杂。

“找时间再上我家喝一次酒吧……另外，想想有没有需要我做的……对，可能要有一个证明吧……这几天我就写，写完了你看看……”

“这个……我明白你的意思，不过，我看写不写都行，对我无所谓……我是说，反正也没什么用……”高玉铭说。

“哈……我明白我明白。这么说吧，这个我早看出来了……”汪校长笑了一声，似有一些自我解嘲的意思，说，“……你别见怪，要说我这个人，也许并不像你看见的那样，早就变得……这话怎么说呢……我对社会上的事情还是很清楚的……”

“这个……我能理解……”停了片刻，高玉铭说。

“理解就好……”汪校长说。

“还有，这件事最好先不要跟别人说……”高玉铭说。

“怎么？”汪校长似乎不解。

“不好啊，闹得人心惶惶的……另外，我也不喜欢。”高玉铭说。

“你是想就这么悄悄地……一走了之？”汪校长很惊讶。

二十多天的时间，过得比箭还要快。而且，因为临近期末，又是学校最忙乱的时期。老师和学生都是如此。除了正常上课，老师们已经在准备出试题。各班级的班主任，还要给学生做鉴定，写评语，对他们在这一学期的表现做总结。校领导的工作则更多，除了完成自己所担负的工作，还要对全面工作做出部署，拿高玉铭来说，经常是出了教室就进办公室，一到办公室就要坐下来，跟汪校长商量“事儿”。

与此同时，在高玉铭的心里还时时涌动着另一种情绪，而且，随着时间的流逝，这种情绪还在滋长，就像春天的青草一样，一日比一日蓬勃，一日比一日茂盛。特别是在夜里，校园安静下来，当他看着空旷寂静的操场，看着操场四周那一圈黑黢黢的教室的轮廓时，心里都会生出一种怅怅然的感觉，他会想，一旦离开，我还会再来这里吗？还会见到这片操场和这些房子吗？

期末考试结束了。学生们先行放了暑假。按照惯例，老师们还要上几天班，做一些善后的工作，包括批考卷。

就在考试结束的第二天，汪校长来请高玉铭到家里喝酒，他说：

“晚上到我家去吃饭吧，咱们喝几杯，就算为你饯行了……”然后又笑着补充道，“我都好几个月没喝酒了，全是这腿闹的，大夫不让。嗨，馋得我都不想活了！”

一会儿，高玉铭便跟着一瘸一拐的汪校长来到了他家。一进院门，首先仍然看见满院子的姹紫嫣红。

“自打摔坏了腿，这些花儿就由汪卉照顾了，看看还不错吧？”两人一边向屋里走，汪校长一边说。

听到汪卉的名字，高玉铭心里不由一动。

两人进了屋，见饭桌已经摆好（像他第一次来这里时一样），汪卉和妈妈还在忙碌，一个在往桌子上端菜，一个在桌子前边摆碗筷。

相互打过招呼，大家坐下来。

汪卉主动给爸爸和高玉铭倒上酒。汪校长举起了酒杯，说：

“瞧，一转眼就两年了……来吧，高校长……这也许是咱们最后一次一块儿喝酒了。也许我会到省里去，不过机会不多……你呢，我看也不大可能再来芳草地，大老远的……这么说吧，经过这两年的接触，我觉得对你很了解了……你能感觉到，我对你的印象有多好……你是个有头脑的人，这不是奉承你……我不是那种有出息的人，可是看人还看得准……回去以后好好干，另外，凡事不要太较真儿，水至清则无鱼呀……”说完一口把酒喝了。

高玉铭没说话，也一口把酒喝了。他知道汪校长说的是真心话。他也听出了他对自己的忠告，尽管是委婉的。通过两年的相处，他已经从内心喜欢他，喜欢这个豁达的，时而正儿八经，时而嘻嘻哈哈的小老头儿。事实上，他是有许多话要说的。其中包括他对汪校长（还有汪卉）的印象，也包括两年来他在芳草地的感觉——他甚至认为，自从参加工作，这两年是最有意义的……可是，他这会儿心里特别的乱，根本不知道从何说起。

两个人一杯接一杯地喝着酒，每一杯酒都是汪卉给倒的。只要酒杯一空，她就拿起酒瓶，给他们倒满。整个吃饭的过程，她似乎只做了这么一件事。而且，在这期间，她一直没说什么话，看去平平静静的。实际上，她当时心里难过极了，甚至感到绝望，有好几次，都差一点儿就流出了眼泪，被她竭力忍住了，当高玉铭离开以后，一回到自己的房间，她却再也忍不住了，伤心地哭起来……

这也是高玉铭后来得知的。

顺便说一句，这是后来汪卉亲口告诉他的。

这以后又过两天，高玉铭背起行李，乘一辆“跑线”的班车，悄悄地离开了芳草地。那是当天最早的班车，离开时天刚蒙蒙亮，镇子还没有完全睡醒。高玉铭坐在靠窗的座位上，默默地看着他已经十分熟悉的静悄悄的街道，看着临街的菜园和屋檐，想着今生我也许再也不会到这里来了……一时悲从中来，不由流出了眼泪。

## 12

高玉铭回到省里，一切又回到了从前的样子，每天白天上班，晚上住在办公室里，刚回来的几天，曾经热闹了一阵子，开座谈会呀，接风呀，跟马伟强等人喝酒呀，领导还找他谈了一次话，对他两年来的工作赞扬了一番，并且暗示准备提拔他，他对领导的话听则听矣，实际并未当真，其中只有一件事让他动了点儿心，就是领导表示争取为他解决住房。

“他的话你也信?”有一次跟马伟强喝酒，高玉铭说起这些事，马伟强这样说。停了一下，又道，“我发现你变了。自从‘支教’回来，你就像变了一个人。不知道这是不是我的错觉，我感觉你变轻信了。就说那些座谈会和接风吧，以前你是不会参加的，现在你不仅参加了，还对领导那些屁话听得有滋有味……跟你说，我可一直在观察你。”

“是吗?”高玉铭说。他不知道自己是不是真的有了什么变化（也许这是马伟强在调侃他）。不过，如果真有什么变化，这也是正常的。时间在变化，事物在变化，人也会变化的……他这样想。

就在高玉铭跟马伟强喝过酒的第二天，他跟吴小燕见了面。吴小燕先给他打了一个电话，问他回来没有，他说回来了。吴小燕似乎有点儿生气，说回来了怎么不给我打电话呢，还要我先给你打！他说单位的事儿太多了，忙得不得了。吴小燕就说那今天有空儿吗？我们一起吃个饭吧，我有事儿跟你说。

见面的感觉并不轻松。不过这不关吴小燕的事，主要是他自己的感觉。尽管他们一直保持着联系，平时打打电话什么的。可是，自从发生招待所那件事以后，他一直心存愧疚，觉得自己冷落了她。不过，正是通过那件事，他才发现了自己内心深处的秘密，发现了他对他们的关系的疑虑。说得简洁些，他发现自己对她并没有多深的感情，或者说，自己对她并没有真正动心。究其原因，就是他一直觉得她跟自己不是一样的人，对生活看法不同，追求也不同，而这正是他所担心和看重的。他一直在想，如果他们结婚，他们的生活会是什么样子？他也在想，我到底需要什么样的生活？

“我还要欺骗自己吗？”他自问。

自从回到省里，他就在考虑和吴小燕的关系，考虑是分还是合，可是一直也没考虑清楚。这也是他没给她打电话的原因。他心里充满了矛盾。一方面，他对他们的未来没有把握，另一方面，又担心伤害她……

和吴小燕见面是在一家饭店。点过菜，吴小燕温婉地一笑，说：

“你瘦了。脸也变黑了。是晒的吧？不过看上去很健康……”

“是啊，那儿户外活动多，我还每天早上跑步。”

“怪不得……”

两个人闲扯了几句，之后好像没什么可说的了，两人便同时沉默下来，就像约好了一样。这样过了一会儿，吴小燕叹了一口气，很轻，然后说：

“我对你的印象一直很好，现在也很好……你身上有很多优点，都是别人没有的……这话我好像跟你说过。我们……我们都是有过经历的人，找到一个自己喜欢的人不容易。可是，我觉得……我是说，我发现，我们之间……有很多不一样的地方……我担心我们将来……”

吴小燕不说了，看着高玉铭。他已经听懂了吴小燕的意思，心里还“咯噔”一动。不过他什么也没说，只是点了点头。两人又沉默下来。停了一会儿，吴小燕慢慢打开了她的手包，从中取出了一个东西，迟疑了一下，向他递过来，原来是一张相片。他接过来一看，上面是个男人……他当即就知道这人是谁了。

“这是别人帮我介绍的，刚认识半个月，是商学院的老师，我们见过几次，人还不错，就是少一点儿男人味儿……”吴小燕说，语速突然加快了。

“呃，很好，很好很好……”高玉铭说。因为光线，也因为当时的情境，实际他并没有看清楚。

吴小燕似乎很歉疚，过一会儿才说：

“你比我大几岁，今后我们就当兄妹处吧……我是说，我们虽然不能结合，还可以当好朋友的，你说是吗?”

“是的是的……”高玉铭说。

之后他们又坐了一会儿——大概都不想让对方觉得自己太小气——才谦谦让让地一起离开了这里。

一个人走在灯光暗淡的街上，他突然感到十分的轻松，同时又十分的伤感（还有一点儿失落）。这不是他的决定。不，这正是他的决定……

就在这一刻，他突然想起了芳草地。因为想到芳草地，他的心立刻痛楚起来。而且，痛得十分剧烈，一抽一抽的，仿佛在痉挛。

他想念芳草地，也在想念汪卉。对他来说，二者是连在一起的。

他的想念并非从此开始。事实上，他的想念在离开芳草地那一刻就开始了。而且，从那时起，这种想念就没有离开过他。上班的时候想，睡觉的时候想，早上起床的时候想……特别是每天早上，当他睁开眼睛，一听到马路上过往汽车的喧嚣，他就会想起芳草地，想起在空气中颤动的门声，接着，他还会想起空旷的操场，想起自己在操场上跑步，想起学生们如何陆续走进校园，想起他们在操场上走动的充满活力和青春气息的身影，有一天晚上，他还梦见了他们，梦见一大群学生在操场上游戏，梦见他们在跑，在笑，在夸张地叫……那个梦一片缤纷。

他本来以为，随着时间的推移，他的想念会一点一点地淡去，可是事实证明，这根本不可能，非但不可能，还在日益强烈，每当想起来，心里就会剧烈地一痛，就像刚才这样。

还有汪卉……

他对汪卉的想念同样强烈，不，更加强烈。自打离开芳草地，汪卉的身影和面容（包括声音）就不曾离开过他，哪怕是在开会，在听人讲话的时候，他也能感觉到她，甚至看到她，而且十分清晰，仿佛她就在身边，就在面前。每到晚间，同事们都下了班，办公室里就剩下他一个人了，他就会更加想她，满脑子都是她。他有几张在芳草地的照片，都是他和芳草地中学的同事们的合影，平时放在抽屉里，这时候，他会拿出来，反反复复地看。有一次，他跟几个同事上街，在走过一个电话亭时，有一个女人在打电话，一听见她的声音，他立刻停住了脚步，以为那是汪卉，以为她到省里来了，待赶过去一看，才发现并不是她……

我这是怎么了？连他自己都感到吃惊。

如此想念一个人，在他，可说还是第一次。

他最终意识到，他已经爱上了她。在意识到这一点时，他甚至吃了一惊。因为他没有料到。当然，还在芳草地的时候，他就喜欢她了，喜欢她的人品，喜欢她的性情，喜欢她的安静。但那仅仅是喜欢，还谈不上爱，或者说，他还没有想到爱（他认为，爱和喜欢是有区别的）。也许是他不敢爱。因为他怕伤害她，因为他当时没有资格爱，道理很简单，因为他无法给她什么，也许只能给她带来伤害。毕竟，他是一个有责任感的男人。

他相信，她也喜欢他。这一点，他看得出来，从她的言谈举止上看得出来，从她对他的态度上看得出来。尽管她没有表达。当然，她也不可能表达。他知道，她是一个那么自尊的人，她有她的尊严。

那天晚上，他在街上走了很久。他不想那么快就回到办公室，亦即他的住处。他觉得心里满满的，头脑似有千头万绪之感，根本无法安静下来。他一条街一条街地走过去，形单影只，就像一个游荡的幽灵。他时而感伤，时而激动，很多事情被他重新忆起，这些事情就像一条条火舌，不停地舔炙着他的心。他的心告诉他，他必须对自己的生活做出某种决定了。他必须想清楚，对他来说，什么更加重要，或者说，他到底需要什么样的生活……

事实上，就在这天晚上，他萌生了重返芳草地的念头。

那以后的许多天，这个念头一直盘旋在他的头脑里，就像一首乐曲那样，时不时地闪现一下，越来越强烈，也越来越坚定。这其中，有两个问题他想得最多。其一，自从“支教”回来，他发现自己已经很不适应目前工作和生活的状态，他常想，难道我后半生就要做这种连自己都不知道每天在干些什么的事情吗？其二，他自知已经离不开汪卉，他无法想象，如果不和汪卉在一起，他今后将要如何生活。

那以后的某一天，他终于打定了重回到芳草地的主意。

而且，这一次，他将不再是“挂职”，而是要在那里生活，就是说，他要调到芳草地去，成为芳草地的人。

他要拯救自己，也拯救爱情，这是最主要的。

打定主意后，他首先去人事部门咨询了一下有关工作调转的相关程序，谎称是一个朋友托他问的，得知这类事情须由调入单位先向调出单位发一份商调函，如果调出单位同意调出，然后方能办理调动手续。

事情一问清楚，他即刻给天涯县教育局打了一个电话，直接找到李局长，说了自己的想法。李局长很吃惊，不过很快就表态说“热烈欢迎”。接着他又给汪校长打电话，汪校长更吃惊，半天都没说出话来，好久才道：

“……啊，我明白，我明白……”不知道他明白什么。

本来，高玉铭还想让汪校长把这个消息转告给汪卉，可随即又打消了这个念头，因为他知道，即便他不说，汪校长也会告诉她的，包括她的妈妈。

事情的进展十分顺利。没过几天，那边就把商调函用“特快专递”给高玉铭寄来了，又过几天，高玉铭就把所有的手续，户口和工作关系什么的，都办好了。

这时候，离新学期开学还有不到一周的时间。

那以后，他参加了几次单位和个人为他举办的送别宴会。他注意到，几乎每个人都对他的举动充满了不解和同情，以至于替他不平（因为领导没有重用他），并且一再问他为什么做如此抉择，他什么也没跟他们说。他当然不会说，因为觉得没这个必要。

然后，他选了一个星期天，扛上庞大的行李，离开了办公室（现在兼宿舍）。巧的是，就在他下楼的时候，不期然撞上了正在上楼的领导。

两个人都愣了一下。

“啊，我来拿点儿东西……”领导首先说，“你怎么……这么快就走了？”

“那边快开学了，”高玉铭感觉心往下一沉，道，“再不走就不赶趟儿了。”

“咳，你怎么不早说一声儿？单位派车送你一趟不就得了……”

“那怎么行？这又不是公事儿，是我个人的事儿。”

“你呀……”领导怔了一下说，“还是这么……这么……不过很好，这样很好，很好……”说完还笑了一声。

“没啥好不好的，我没想那么多……”高玉铭说，一边向下迈了一个台阶，“啊，再见，我该走了……”

“再见……”领导向边上让了让，高玉铭刚从他身边走过去，不料又听他叫道，“小高……”

“你还有事儿?”高玉铭停下来，看着领导说。

“这个……”被高玉铭这一问，领导好像一时忘了说什么，连续眨了几下眼睛，才说，“我觉得，你可能对我有意见……实话跟你说吧，你这次‘支教’回来，我们的确研究过你的事儿，大家都认为你是个人才，如果你不走，这次还真打算使用你……没想到你那么坚决，你为啥？难道有什么特别的原因吗……”

“说了你也不明白，我是为了我自己……”不等领导把话说完，高玉铭就说，且语气颇生硬，说完便头也不回地下了楼。来到楼下，打了一辆“的士”，直奔长途汽车站。

上午十点，那辆开往天涯县的汽车离开了省城……

# 我的脸谱

## 引言

陶兴是 1977 级的大学生。说来，这是一件至今都令他骄傲和自豪的事情。就在那一年，国家恢复了中断多年的高考。那可真是一件盛事啊！千军万马蜂拥而至，都指望进入大学的殿堂，进而改变命运。当然这绝非易事，那时的录取率太低，据说只有百分之五。因此很多人在发榜之后流下了热泪，有的还精神失常了。而陶兴，居然进入了百分之五的行列，他的骄傲和自豪不无道理。

陶兴的老家在一座县城，母亲早故，父亲在一所中学当语文老师，身体一直不太好。大学毕业后，他被分配回了老家，在县文化馆做创作员。这一半是他自己的主意，为的是可以就近照顾父亲。有人对我描述过当年陶兴的貌相，其中特别提到了一条围巾，驼毛色的，一入秋就围起来，有一端垂在胸前，就像电影里的“五四青年”，感觉非常的意气风发。腋下还经常夹着一本很厚的书，多半是外国文学名著，《红与黑》或者《安娜·卡列尼娜》，偶尔也夹一夹《庄子释义》或《杜工部诗》。如有什么事情，在坐下来之前，都是先把书从腋下取出来，端端正正地在眼前放好。

那几年，从本县考出去又回到本县的大学生非常少，多数人都留在了大城市。据我了解到的情况，那一年毕业回来的只有陶兴一个人。有段时间，他仿佛成了一个稀有动物，颇令人好奇，衣着乃至行为一时都成了人们关注和议论的话题，说沸沸扬扬，亦不为过。陶兴对此很不适应，四年的高等教育，使他浑身浸透了知识人群的气息，显得有点儿孤傲，或者不合时宜。

后来，陶兴做了一件谁也没想到的事，他跟一个寡妇结了婚。这件事曾经轰动一时，同事和熟人都非常吃惊，议论纷纷的，谁也猜不透他为何做此选择。自此，人们便在背后叫他“肖涧秋”——那年县里刚刚演过一个电影，名叫《早春二月》，肖是电影中的一个人物。这个电影影响颇大。当时就有同事说：“这个陶兴！就是年龄大点儿了呗……凭他的条件，还怕找不着一个黄花闺女？他是不是真受了那个电影的影响了？唉，这些个大学生啊！”

对方是陶兴家的邻居，前夫在一次车祸中出了事。年纪应该比陶兴大个一两岁，人长得还算过得去，感觉挺干净。因为住得近，会经常帮陶兴家里做些事，特别是陶兴上大学的那几年，她为父亲做了不少事，买米买菜，陪着上医院，有时还帮父亲做做饭。老实说，陶兴并没想清楚为什么要和她结婚，起码不是特别清楚。其中大概不无同情和感谢的成分。另外，我还有一个感觉：或许他是出于一时的义愤。至于义愤何来，则不得而知了。

不过，这段婚姻并没有持续很长，只有不到两年的时间，两个人就分开了（离婚了）。对陶兴的同事和熟人们来说，这同样是个谜。

我认识陶兴是在1988年。其时他已离开县城调到了省里，在“经贸委”的一个处里当科员，套用现在的说法，叫公务员。并且有了第二次婚姻。女方是一家出版社的编辑，名叫孟芳菲。我就是通过她跟陶兴认识的（她曾经帮我介绍过女朋友）。孟芳菲也是1977级的大学生，读的是历史系，人很能干，性格直爽，说起话来滔滔不绝。长得不漂亮，脸似乎比多数人短了那么一点点。年龄要比陶兴小一点儿，两三岁的样子吧，不过，当时已是一个十足的“大龄女青年”。

当时单位没给陶兴分房子，两个人就住在孟芳菲的单身宿舍里，室内设施简陋，有两张原来的单人床，另有一只装杂物的柜子，此外，门窗和墙壁也是暗旧的。他们在这里住了五年，五年里苦中有乐，还生了一个儿子（他们给儿子取了一个很有趣的名字，叫陶器）。最值得一说的，是陶兴在这五年中所取得的成绩。因为工作能力强，再加上自己的努力，调过来的第二年，他就当了科长，到第五年年初，又当上了副处长。

当上处长的第二年，单位决定搞第三产业，陶兴被选中，任命为总经理，注册了一家公司，有一个很长的名字，叫“百千万全能服务发展有限责任公司”（简称“百千万公司”），实际做的就是家电业务，灯光音响，包括插销和插座。公司业绩不错，赚了一些钱。一个偶然的机会，有人告诉陶兴有一家商场要搬迁，商场原来的楼房打算出租，可以在那里搞一个饭店，大饭店。

陶兴曾经犹豫了一阵子，最后还是决定搞。先租下了房子，又搞设计和装修，投资几百万元。钱一部分是“百千万公司”原来赚的，一部分是银行的贷款，还有一部分，是集资集来的，就是所谓的“高利息高回报”。前后折腾了一年多，选一个“黄道吉日”开了业。

我没有参加开业庆典，因为没接到邀请。不过，在开业的一周后，我还是专门到饭店去了一次，主要是去表示祝贺。陶兴匆匆忙忙的，穿着一身米黄色西装，神情有点疲倦，眼睛却放着光，跟我以前所认识的陶兴有了明显的不同。简单聊了几句之后，他说还有事情，就把我介绍给了一个年轻女人，让她带我四处看看。这是一个很好看的女人。我后来知道，她的名字叫李茹。

饭店名叫“五湖四海餐饮娱乐城”，后来简称“五湖四海”。

饭店的装修很高档，楼上楼下一共六层，外面还有停车场。二楼是大厅，三楼以上均为雅间。无论雅间还是大厅，都显得很堂皇。椅子饭桌，包括房门，也都很精美。据李茹介绍，为了适应不同人群的不同口味，饭店不仅供应中餐，还供应西餐。另外，那天的客人也相当多，一路走过去，感觉处处是人，可说是人声鼎沸。就是说，生意特别红火。然而可惜的是，这种情况并没有持续多久。我后来了解到，大概过了不到半年，饭店的生意就不行了，主要是没有人来，确切说是来人很少。偌大一个厨房，又是中餐区又是西餐区，厨师们却闲得围在一起打扑克。

一年以后，饭店就停业了。还有更严重的，听说很多人在找陶兴讨债，为此还被人拘禁过。再后来，就听说他失踪了，不知跑到哪里去了，也不知道生死。这样直到今年，我才通过孟芳菲又一次见到他。现在他住在广州的花都区（原广东省花县），租了一间房子。孟芳菲在给我打电话时，一再嘱咐我不要泄漏陶兴的住址，声音特别恳切。我说不会的，绝对不会。

从孟芳菲那里，我简单地了解到，陶兴这些年一直在外边躲着，主要是为了躲债，在上海住过，也在北京住过，最近才来到广州，其间还被收容遣返过一次（几年前）。孟芳菲告诉我，陶兴现在身体不很好，患上了糖尿病，每天注射胰岛素，此外还有失眠症，半宿半宿睡不着觉。孟芳菲还说，陶兴现在正在编一本书，是她建议他编的。孟芳菲还告诉我，她不在出版社工作了，目前在一家公司做事，那是一家做书的公司，她专门为公司搞策划。她说她隔一段时间会到广州来一次，来看看陶兴。孟芳菲最后说，陶兴很想见到你，跟你聊一聊。我说是吗？心里突然有一点儿感动。

过几天，按照约定，我跟陶兴见了面。见面是在一个公交车站，陶兴来这里接我。走出车门，我看见了站在树荫下的陶兴，身穿一件黑 T 恤和一条黑裤子，剃平头，一张暗紫色的脸。我看见他时，他也看见了我。然后便急急地奔过来（还和别人撞了一下），一把抓住我的手，说了一声：啊——眼睛顷刻就湿了。我心里一动，霎时很酸楚，说，你还好吧？他说，还好还好，到了住处跟你细说。

他的住处离车站不是很远，在一个小区里，属于花都的老城区，房子都是旧房子。他住在一幢楼的三楼，楼梯很陈旧了。房子是两居室的，每月租金五百元钱。屋里有几样家具，桌子椅子，还有一个衣柜一个茶几，据说都是屋主人的。屋里还有一台电脑，这却是陶兴自己的了。电脑旁边放着很多书，一本一本落在那里，十几本的样子。

陶兴冲了一壶茶，我们坐下来，先聊了一些闲话，诸如广东的天气啊，还有最近电视里一些新闻和电视剧什么的，然后慢慢进入了正题……

## 第一日

（10 时——15 时）

陶兴说，我们……十几年没见面了吧？

陶兴又说，前些天刚听说你调到广州来了……我特想跟你聊一聊，聊聊我这些年的经历，聊聊我这点儿破事儿，你可以写成小说，只要不用我的名字就行，别弄个遗臭万年。

陶兴说，说来真丢人啊，现在我全靠老婆养活，吃饭，抽烟，租房子，出门坐车，包括胰岛素，都是老婆给的钱。还有陶器，就是我儿子，一直由他妈带着，我根本就没尽到一个父亲的责任，我也没给他带来一点儿好的影响，这是最要命的。我现在最大的安慰就是他考上了大学。以后就靠他自己了，也只能靠他自己了。我现在最大的心病是愧疚，我会愧疚一辈子。这些年，我到哪儿都隐姓埋名的。不光这样，每天出门，都要先从“猫眼”往外看一会儿，还要把耳朵贴在门上听听楼道里有没有什么动静，一旦听到有人走路，就吓得连大气儿都不敢出了。老实说，就跟蹲监狱差不多。我这是在蹲我自己的监狱，还是个无期徒刑啊。

陶兴说，我现在经常胡思乱想，特别是晚上，一到夜深人静的时候，脑子就特别活跃。想那些乱七八糟的往事，想那些熟悉的人，几乎所有的熟人都想起来过，想他们的音容笑貌，眉毛眼睛，连一些小动作都想得起来。有时候，我会想得心痛，就像针扎一样，会痛上好久好久。我想得最多的是我的大学时代，不管怎么说，那都是我这一生中最美好的时光。当时人们都说我们是天之骄子。然后就想我的同学，想他们每一个人，想谁谁谁当初什么样，穿的什么衣服，喜欢留什么发型，想某一次某个人说过什么话，某一天跟谁去了一趟书店，某一天又跟谁在学校旁边的小饭店喝了一次酒，吃的是什么菜，喝酒的时候说了什么话，想某个晚上什么人批评一本什么书，引发了大家的争论，争得面红耳赤，每个人都那么较真，差一点吵起架来。

陶兴说，我们那一拨学生，跟现在的大学生可能有些不同，包括我自己。在上大学之前，很多人都有些经历了，差不多都吃过一些苦，要比现在这些孩子成熟得多，但大家骨子里却还是那么单纯，那么坦诚，那么血气方刚。那时候我们经常那样高谈阔论，指点江山，好像谁都有说不完的话。谈国家大事世界形势，谈个人经历，谈爱情，包括以前的和正在发生的爱情，谈毕业后的打算，就是所谓的理想吧。每一次都让人特兴奋特激动，让人意犹未尽。可以说，那时候，我们每个人都是乐观的，都很自信，都觉得自己的前途一片光明。当然，大家各有各的想法，有人想干这个，有人想干那个，这也是难免的。有个家伙说他就想当官，说他天生喜欢管人。有几个同学想当作家——你知道，那会儿文学正在热头儿上呢，现在有人把那段时间称为中国的文艺复兴，有这事吧？反正，想干啥的都有……

陶兴说，我在同学中年纪算是大的，平均比他们大个三四岁，有的要大上五六岁，他们都叫我老大哥，还选我当了生活委员。我呢，平时说话不是很多，可能看起来满成熟的，这大概和我的自我暗示有关，总觉得自己要有点儿老大哥的样儿，其实很多方面我跟他们差不多，也是那样不知天高地厚，意气用事，想当然，心里总有一股孟浪之气，这个我自己知道。最典型的一件事，就是我也想当作家，只是我没像他们那样把这话当众说出来，主要是不好意思，一旦当不成呢！但我还是很努力的，读了很多名著，雨果、巴尔扎克、莫泊桑、《红与黑》、托尔斯泰、契诃夫……那时候好多作家的作品还没翻译过来。还有鲁迅、萧红、茅盾，主要是《呼兰河传》和《子夜》，另外就是柔石的《二月》，后来拍成了电影，叫《早春二月》，孙道临和谢芳演的。当时还每年都搞中短篇小说评奖，张抗抗、梁晓声、韩少功，就是那时候出的名，张抗抗是个下乡“知青”，就在黑龙江生产建设兵团，这你知道吧？还有一些后来不写了，记得有一个王润滋，写过一篇《内当家》，当年影响蛮大呢。这些作品我也读了，还做了好多的笔记，包括前边说的那些名著，我都做了笔记，情节啦，人物啦，结构啦，主题啦，都逐一分析，有时候还会把一些精彩的语言摘录下来。

陶兴说，每次读完一本书或一篇小说，我都很兴奋，有时候好几天都在那个小说的感觉里，人也变得呆呵呵的，仿佛我就是小说里的什么人物，仿佛那个小说就是我写的……

陶兴说，我跟你说，每当想起这些事，我心里都翻翻腾腾的，都忍不住想哭，可又哭不出来，就像那句话说的，欲哭无泪，真的是欲哭无泪啊。我怎么也不会想到，我会混到今天这个地步，唉——

陶兴说，后来就大学毕业了。毕业分配的时候，我选择了回县。说起毕业分配，还有好多事儿，太啰唆，就不说了。总之，大家都希望到一个好地方，再进一个好单位。总的说，我们那拨儿学生去向都不错，有一多半留在了省里，有几个进了大机关，有几个进了文化单位，出版社和杂志社什么的，对了，还有两个进了北京。我之所以要回县里，主要是因为我父亲，我以前好像跟你说过，我妈死得早，他身体又不好，这样我可以照顾他。我被分到了县文化馆，当创作员。那时候不像现在，各地方都挺重视文艺的，连县里都养着剧团，经常演一些相声拉场戏二人转什么的。别说，还真有不少人看。省里还年年搞会演，评先进，一旦获个奖，那就是个天大的荣誉。县剧团也有很多事儿，最多的就是那些男男女女的事儿。等将来吧，将来有空儿了，我仔细给你讲讲。

陶兴说，老实说，一回来我就有点儿后悔了。以后那几年，也不是很愉快，主要是看什么都不顺眼，觉得周围的人都是庸俗的。这里当然有我主观上的因素，我想这主要是那几年的大学生活造成的。这是一种反差。街道啦，房屋啦，原来觉得很亲切的，现在看来却又脏又破，以前一直觉得很神气的影剧院——记得叫“民众影剧院”——现在也觉得土得不得了。还有工作，也不怎么顺心。当时文化馆还有其他几个创作员，有写小戏的，有写相声和“数来宝”的，主要写一些好人好事儿，一旦哪儿有人捡到钱交给警察了，哪儿有人在大风天儿里帮人苫草垛了，马上就下去采访，然后写出来。这哪里是什么创作啊！简直就是瞎胡闹嘛！我根本就没放在眼里。他们却很在意，一开会就说我的作品在哪儿哪儿演出过，获过什么什么奖，省地（地区）县的哪个领导接见了我，当时说过什么话。他们几个也不团结，总是互相攀比，谁也不服谁，有时候说着说着就吵起来了，多刻薄的话都说得出来。

陶兴说，刚到馆里的时候，几个人对我都不错，一开会就争相夸奖我，说我是真正的科班出身，文学修养好，思想有深度，一看就是个才华横溢的人，一定会写出好作品来，还说我的到来会提升本馆的整体创作水平，一脸的严肃认真，把我弄得一愣一愣的，特不好意思。平常，他们还会分头请我喝点小酒，开始嘛还客客气气的，几盅酒一下肚，话匣子就打开了，就开始攻击他们中的谁谁谁，嬉笑怒骂皆成文章，极尽贬损之能事，总的意思就是别人都是臭狗屎，就他自己是金子。老实说我挺瞧不起他们这一套。后来我就敬而远之了。再后来，他们也就再懒得搭理我了。这样不知不觉，我就把自己搞成了一个他们眼中的“另类”，姥姥不疼舅舅不爱的。明白我的意思吗？

陶兴说，我对这些并不在意，起码不是很在意。你肯定听说过我在那段时间的一些行为，穿戴啦，举止啦，跟你说，我那会儿真是那样的，因为我喜欢那样，喜欢那种感觉，并不是故意标新立异，大概我骨子里就有那么一点点东西，一点儿清高，一点儿孤傲，一点儿叛逆。回头想想，那些东西可能显得很幼稚，其实却是可贵的。那时候我已经开始写小说了，应该说写得很努力很刻苦，晚上一写就写到半夜。我的第一篇小说写的是我当“知青”时遇到的一个故事，是一个爱情悲剧，应该是很感动人的，写的时候我自己都哭了。说了不怕你笑话，我那时候还真是很有激情，写作的速度也很快，三四天就能写一个短篇小说，十天半月写一个中篇小说。那段时间，我一气儿写了大概有十几篇小说，中的短的都有，然后就投给了刊物，投了好几家，有本省的，有外地的，都是一些名声挺大的。投完之后就在家里等，一边在心里幻想着那些小说发表了，我一下子就出了名……我虚荣心太强了，这是我一辈子的大毛病。

陶兴说，结果不用说了。否则我也许就走另外一条路了，像你一样。后来我想，我可能缺少这方面的天赋。文学是需要天赋的，光有雄心和热情不行，光靠努力也不行。我说的对吧？说实在话，那段时间我情绪很低落，就像整个人从云彩上吧唧一下摔倒了泥水里，觉得很没面子，充满了挫折感，好像干了一件多丢人的事，总之垂头丧气的，感觉心灰意冷。这以后又过了半年吧，我就跟佩芝结了婚，就是他们说的那个寡妇。老实说这是连我自己都没想到的，纯属意外，此前我压根儿就没想过。说句庸俗的话，尽管我年龄大了一点儿——跟那些小青年儿比——可我毕竟还是个处男啊。而且，我还是个大学毕业生，属于“天之骄子”那一伙儿的，一毕业就是国家干部，吃皇粮。当时这是很吃香的，全县也没有几个人。像我这种情况，找一个年轻漂亮的女孩子根本不成问题。事实上当时就有很多人给我介绍，还有自己找上门来要谈恋爱的，可都被我错过了，我只能这么说：是被我错过了……

陶兴说，佩芝跟我家是邻居，应该说是个好人，一个好女人，为人，相貌，都不错。长得有点儿像古画上的仕女，身材不高，算是那种娇小型的人吧，胳膊腿儿都很圆润，面目很清秀，不太爱说话，可能是因为遭受过打击，感觉有一点儿怵怵的。我家住的是砖平房——当时县城多半都是这种房子，只有很少几座楼房——房前有一个小院子，跟佩芝家只隔一道不高的土墙，人来人往都看得见。佩芝原来的丈夫没出车祸之前，我们常常站在墙两边抽烟唠嗑儿，佩芝也偶尔过来站一站，感觉他们两个感情挺好的，当时刚刚有了一个孩子。佩芝属于那样一种女人，不论跟谁都会好好过日子。她丈夫出事的时候我不在家，正在省里上学，放假回来突然发现她好像变了一个人，特别是精神状态，整个儿垮了下来，神情也特别憔悴，当时我就心里一动。

陶兴说，佩芝在一家药店当营业员，懂得一些药性。我爸当时经常吃药。在我上学期间（包括以前我当“知青”那几年），所有的药都是佩芝给代买的，买了就送过来，有时候要用汤药，就是中草药，她还要亲自动手熬。到后来，就连其他事情她也帮着做了，做饭啊，洗衣服啊，有时候还帮着搞卫生。后来我毕业了，她还像以前一样，帮着做这做那，用她的话说，她这是做习惯了。有时候，星期天买了什么好菜，两家还会在一起吃个饭。当然熟悉是越来越熟悉，大家也都觉得很亲切。不过，我却一直没往那方面想，一点儿也没想，我估计她也没想，她可能是不敢想，原因只有一个：谁都认为这是不可能的。她比我大两岁，我一直按以前的习惯叫她嫂子。

陶兴说，有一天傍晚，是的，是在傍晚。她买了一只鸡，不敢杀，隔着墙叫我。我正在看书，看的好像是福楼拜的《包法利夫人》，现在情节已经忘得差不多了，只记得一些感觉。当时我是满心失意。她叫了我好几声，一会儿叫我陶兴，一会儿又叫我“他叔”，声音细细的。我就过去了。那以前我还从没做过这个事儿，也很怕的，其实我打小儿就不是个胆子大的人。她就站在我跟前，告诉我怎么怎么杀。我没别的办法，只好将心一横，照她说的做了。我费了九牛二虎之力，出了一身汗，还是没杀死——我刚一撒手，它就满院子乱跑，我们就满院子追，一边追她一边叫，“哎呀哎呀”的。后来鸡跑进了屋，倒在了一个角落里。我们喘着粗气，看着鸡在那儿抽搐，突然安静下来，心里似有些不忍。后来她看了我一眼，眼神儿挺奇怪的，我就过去抱住了她，一下子就抱住了。她好像抖了一下，后来我们就进了里屋，我把一只手伸进了她的衣服……

陶兴说，说实话，直到现在，我也没想明白我为啥那样做。但我知道，我当时的状态不是很好，心情也不是很好，灰灰的。后来我们就结婚了。我对自己说，小子，你就认命吧！我们在一起过了两年多，两年后就离了。现在回想，我那两年过得非常舒服，家里什么事情也不用管，就像人们说的，油瓶子倒了我都不扶，买粮，买菜，所有的事佩芝都一手操办了。你可能会问，这样为啥还要离呢？这说起来就既简单又复杂了。有时候，我会陶醉于这种舒适，什么也不干，什么也不想干，一天到晚迷迷瞪瞪，就像一头被人豢养的动物，还挺幸福的。可是，说不上啥时候，我心里又会"咯噔"一下，觉得很空虚，心里突然很痛，很尖锐地痛，痛得直冒冷汗。不过总的说来，那两年我的精神是处于一种委顿的状态，小说也不写了——没心情，也没信心了。

陶兴说，现在我也说不清跟佩芝离婚的原因，反正所有的问题都在我身上，在我心里。有一句话怎么说的了？久静思动吧？当时我就是这样一种感觉。用哲学的话来说，这是内因。那之前我刚好见到了一个大学同学，这家伙毕业去了省政府，混得不错，他问我想不想动一动，说他可以帮我在省城联系一个单位，我说好啊。这就是外因了。有了内因，又有了外因，就开始起作用了。还有一点，就是我父亲在那年去世了，说句大不敬的话，这也使我不再有后顾之忧。

陶兴说，当然我也反反复复地想了好久——这种事不是那么轻易地——想我这样做对不对，想会不会有什么后果，想我能不能不这样做，最后又想该怎样跟她说……于是就说了，到底还是说了……那是在一天吃完早饭之后，之所以选这个时间，也是我事先想好的，就是说，是有预谋的，那样说完我就可以走，就可以脱身。我忘了具体怎么说的了，我心里挺慌张，但是意思就是那个意思，我也找了一些借口，我说我想生一个自己的孩子，可跟她就不能生了，因为政策不允许。听了我的话，她的脸一下子就白了，白得就像一张纸……屋里一下子好安静，好安静啊！慢慢地，慢慢地，她眼睛里开始有了泪花，泪花转啊转，然后便噼里啪啦地流下来。她一边流泪一边说，我知道你心里咋想的，我早知道我们长不了，这两年已经很好了，实在想走你就走吧，走吧……

陶兴说，我就这样伤害了她，无情地伤害了她。那一刻，我真觉得自己太卑鄙太无耻太恶劣了……

陶兴说，现在我常常想，如果不离开佩芝，我可能就不会像今天这样了……

## 第二日

（14 时——21 时）

陶兴说——

我接着说吧……

我和佩芝办了离婚手续，不久就调到了省里。我所在的那个处叫二处，主要负责一些政策法规的咨询和解释。处里一共五个人，仨男的俩女的（我来以后就变成六个人了）。一个处长两个副处长，有一个是女的。下边两个科员，一个三十多岁，以前是机关食堂的总务，一个是毕业没几年的女大学生，当时正在谈恋爱。处里给我分派的工作是写材料，主要是写汇报和总结，包括领导的讲话。

安顿下来以后，我抽空儿去了一趟学校，就是我读大学的学校。我特意选了一个周末，还是个傍晚，主要是怕碰见老师们，怕跟他们说话。我心里总有一种惭愧之感，觉得自己挺没出息的。这是我毕业后第一次回来，应该说，学校并无多大变化，大门还是那个大门，牌匾还是那块牌匾，主楼还是那个主楼，校园里依然有那么多学生走来走去，有去上自习的，有散步的，有去找人约会的，有去参加什么活动的。可是，学生却不是当年的学生了，这个不用说。我混在师弟师妹们中间，在校园里踽踽独行，心里说不上是什么滋味，酸楚，刺痛，遗憾，怅惘，自惭，都有。天渐渐暗了，我看着学校主楼的剪影，怦然心动。我还去看了我住过的宿舍楼。还去看了图书馆。我还去看了当年经常在那里上课的大教室。我还去看了一棵下面有一张老绿色长椅的老柳树。老柳树似乎还是当年的样子，一点儿变化都没有……的的确确，学校并没发生多么大的变化，变化的只是我自己。

我早就知道我变了……

现在，我变成了一个没有理想也没有抱负和雄心的人，变成了一个心灰意冷的人，变成了一个不知道干啥好的人，变成了一个“准”坏人。我还知道这全是因为我自己，跟别人无关。是我自己不争气，是我意志不坚强，是我缺少某方面的天赋。我还在那张长椅上坐了一会儿，有半个多小时吧，后来来了一对小师弟小师妹，俩人热热乎乎的，我才离开了。那天我想了很多。我知道我这些年有点儿混乱，主要是精神上的混乱，甚至丧失了精神，我为此而痛苦。可是，我也算是看清楚了我自己，看清了我身上的很多弱点，有些弱点可能是没法儿改变的。不过总的说来，能够离开县里，还是一件好事，这让我轻松了很多。而且，我也不甘心就这个样子。包括文学，我也并没完全死心，如果有可能，还要试一试，再写几篇小说，看我到底行不行。

但是首先我要做好单位分配给我的工作。要说变化，这也算是其中之一。我是从外县调进来的，这里有很大的人情。刚过来那会儿，我那个同学就笑着跟我说：“我对人家打了保票了……你可别让我坐蜡呀，老大哥……”感觉是在开玩笑，实际却是认真的。他还说：“千万别觉得屈了才，起码也要装装样子，大面儿上总要过得去啊……”我不想装样子，那就辜负了人家的一片好心了，做人嘛，总还是要知道一点儿轻重，对吧？所以，过来以后，我做事一直比较认真，反正就那么一点儿事，实际也不用花多大力气。人就是这样，不知不觉，你就会发生变化。而且，我觉得，这个变化可能更深刻。自从产生这个想法，我感觉自己就像变了一个人，很现实，很乖巧，夹着尾巴做人，而且是毫无怨言的。很长一段时间——起码几年——都是这样。客观上，这倒为我的下一步打下了很好的基础，我指的是后来对我的提拔。

来到处里一年左右，他们就给了我一个科级，准确的说法叫科级员。我当时很高兴，乐得屁颠儿屁颠儿的，有点儿心花怒放的意思了。说来这也应该算作我的一个变化。要知道，我从前可是个自命清高的人啊，视权势如粪土啊，谁会想到呢，这么一个屁大的小官儿就让我乐成了这样……恐怕连我自己都没想到。不过，这件事也引发了同事间的一些矛盾，表现最明显的是贺凯，就是原来机关食堂的那个总务。我俩的关系原来还可以，经常一起抽烟胡侃，他还请我去过他家，这件事一宣布，立刻就糟糕了，虽然没说什么话，却觉得特别的不自在，好像我做了多对不起他的事儿。没办法，人就是这样啊。我前面说过，我们处里算我六个人，人人都不简单。处长是个老头儿，没几年就要退休了，胆子小，谨小慎微，跟谁都笑呵呵的。俩副处长一看就面和心不和，在暗暗地较劲，都想坐第一把交椅，有时候也难免碰出一点儿火星儿，搞得大家都挺紧张。处里所有的人就属那个女学生最超脱，因为忙于谈恋爱，男朋友换了一个又一个，单位的事根本不放在心上。

大约就在这时候，我认识了孟芳菲，是别人介绍的，就是那个处长，他老伴儿跟孟芳菲认识。见面之前，处长讲了一些孟芳菲的情况，工作啊，为人啊，听上去不错，还是我的校友。她的情况你了解，不用我细说了。后来就约个时间见了面，处长和老伴儿也去了。这么说吧，当初我并没看上她——别的条件都不错，就是长相差了点儿——男人都是这德行啊，漂亮脸蛋儿比啥都重要，何况我还是学文学的。当时我完全是耐着性子才跟她说了几句话，心里已经把她给删除了。见面结束后，处长问我印象如何，我如实说了。处长想了想说，我看你还是考虑考虑，不要轻易下结论，你也老大不小了，还是个二婚，人家咋着也是个大闺女呀！我仔细想了几天，前前后后，左左右右，最后还是同意了。不然也就没有这场婚姻了。但是从心里说，这场婚姻是很勉强的。当然，我知道孟芳菲是个好人，特别在我出事以后，她的优点就更明显了，我甚至满怀感激，可是，我却一直都不曾爱过她。对孟芳菲来说，这是不公平的，很不公平，不是现在不公平，一开始就不公平了。

实际上，这也是一个悲剧。是孟芳菲的悲剧，也是我的悲剧。从某种意义上说，也许就是这场婚姻，为我埋下了祸根。

我这样说绝不是开脱罪责，推卸责任，等你听到后来发生的事，就明白我不是瞎说了。后来我曾经对别人说，不论男人女人，在选择婚姻时，一定要选择自己真心喜爱的人，否则必定贻害无穷，你会一辈子都不甘心，觉得委屈，这样也就伤害了对方。这是我的教训，也是我的经验。问题的关键是，我居然同意了这场婚姻——连我自己都说不清我当时怎么想的。这场婚姻唯一的好处是拉近了我和处长的关系，事实证明他以后也真的帮了我很大的忙，这个后边再说。不过当时我好像并没有这样想。也许这是我潜意识里的一个念头吧，这真是一个既可悲又可鄙的念头啊。

没过多久，大约不到半年，我就和孟芳菲结了婚。结婚后就住在孟芳菲的宿舍。那地方你去过的，二楼，最里边那间房，有印象吗？

如果你不介意，我想说说我的新婚之夜。这想起来太可耻了。当时我完全变成了一个动物，或者说，我把自己变成了一个动物。因为根本没有爱，只有欲望，那是长时间不近女性所产生的欲望，是动物的本能。因此也就没有灵魂，丧失了灵魂。现在，我必须这样说，我必须诚实地面对我自己，也诚实地面对你。当然，孟芳菲可能不知道这些，或者当初还不懂。我只感觉她很害怕，被我疯狂的样子吓住了，吓得脸色都白了，吓得嘴唇直哆嗦，吓得浑身硬邦邦的，听任我的摆布……

后来我们就是这样子，好几年都是这样子，差不多一直就是这样子，就是说，当我有要求的时候，就“折腾”她一番，而当没要求的时候，就弃之于不顾，不仅没有爱，也没有怜惜，没有心疼，更没有缠绵，没有眷恋，什么都没有，有的只是要求、要求……现在想来，我这人真是太操蛋了，简直就是没人性。

大约又过了不到一年，处长退休了。在他退休前夕，处里的斗争也达到了白热化，两个副处长干脆撕破脸皮，竟然在开会的时候指着鼻子互相揭短，这个说那个水平低能力差，那个说这个不干正事儿不讲原则（具体的话我记不清了，大概就是这个意思吧）。我们就像看戏一样看他们表演，心里的感觉挺复杂的，好像还有点儿幸灾乐祸。后来他们就更出格了，还发展到互相给上级写匿名信。这是老处长告诉我的——信的内容没说，估计他也不甚了了——他轻轻地摇晃着脑袋，说这是何苦呢，非要你死我活不可，搞得就像阶级敌人似的，你瞧着吧，弄不好就是两败俱伤，谁也不会有好结果，看起来挺聪明的两个人嘛，他们应该明白这个道理呀！鹬蚌相争啊……事情还真打他这话来了，在他退休前一个月，上级过来一宣布，那两个人就都被调走了，从别的部门调来了一个新处长。我呢，也就这么当上了副处长……

有人说，我是这件事的最大受益者。想想也是，本来是没我什么事儿的，他们这一闹，倒把我成全了。照老处长的说法，我就是那个渔翁。当然事情还不是这么简单，老处长告诉我，在这件事儿上，其实还是我那个同学起了作用。这我就不细说了。我当时很高兴，不是一般的高兴，是非常高兴，比那年的“提科”有过之而无不及。现在想来，这真是一种很奇怪的感觉，不就是当个副处长嘛，有什么啊！可是当时就不这样想，当时，我还以为找到了另一扇人生之门，从此就可以怎么怎么着了。当然了，实际的好处也是有的。要不怎么那么多人宁可放弃清高不要尊严低三下四挤破脑袋也要去当个小官儿呢。说到我，我得到的最直接好处就是分到了一套房子，两房一厅的，在宣化街。那房子你去过，有一年过年的时候，好像是正月初五吧，对不对？四年后又换了一套，就是那套三房两厅的——那房子你也去过——光装修就花了十几万元。哦对……那时候，我已经出去搞公司了……

唉……说到搞公司，主观上我并没有那个要求，算是半推半就吧。你还记不记得？那几年社会上搞公司的特别多。夸张一点儿说，当你一觉醒来，哈，好像满大街都挂满了各种公司的牌匾，有方的有长的，有木质的，有金属的（铜的），上面都刻着漂亮的字，看去神气活现的，不是这个贸易公司，就是那个发展公司，五花八门，真有点儿雨后春笋的意思了。也有那种担心赶不上浪头的，一着急，干脆拿一张大红纸，匆匆用毛笔写几个黑字，就贴到门外去了。你说这是不是很可笑？中国人就是这样子，什么都喜欢一窝蜂。在那些公司里，有一部分就是各个机关办的，一来为了搞创收，另外就是可以安置一些富余人员，还有那些没工作的机关子弟。当时有一个说法，把这叫作“搞三产”。我们单位就是那类担心赶不上浪头的，急匆匆开了两次会，马上就行动起来了。而且选中了我，让我去做这件事。到现在我也不明白，他们怎么就会选中了我？如果当初没这个事儿，我是不是也就不会走到今天这地步了？

当初我却没这么想，心里头还隐隐觉得挺得意。决定了之后，主管这件事的领导还找我谈了一次话，说有好几个人想做这件事，竞争相当激烈呢，之所以让你做，主要是觉得你不会牵扯太多的人情。我当时抱着无所谓的态度，当然出来也不是一件坏事。另外，这段时间跟新处长相处，也发现了一些让人不舒服的地方，最突出的是专权，什么事情都要自己说了算，我只有附和的份儿，还在许多事情上都有意“贬我”，只要是我提出来的事儿，他都会想方设法否决掉，显示自己的权威嘛，临了还要问一句“你看这样好不好”，一副居高临下的样子，官气十足。不知为何，那段时间我对这些特别在意，在意人们所说的权威，或者说，在意自己的面子，尤其是在下属的面前。当然，开始我不是这样的，我根本就没有这方面的意识。说来，这也可算作我的一个变化，是发生在我身上的若干种变化之一。这时我才理解了那两个倒霉的“前处长”，理解了他们为啥那么水火不相容。你会觉得他们很蠢——怎么会那么蠢呢？其实我也一样。只是我当时还陷得不够深。

经过很短时间的筹备，登记注册什么的，机关又给拨了一部分启动资金，选了一个逢“8”的日子，5月18号——这一天我永远不会忘——放了两挂鞭炮，公司就开张了。公司名叫“百千万全能服务发展有限责任公司”，简称“百千万公司”，叫“百千万”也可以，公司内部的人就这么叫的。这名字是在一次开会的时候取的，几个人七嘴八舌，你一句我一句，跟开玩笑差不多，就把名字取出来了。整个开张仪式也是这样，大家嘻嘻哈哈的，就像一场闹剧。当时还请了一些嘉宾，这是少不了的，有一些还是领导。大家致辞啊讲话啊，依次走到麦克风跟前，挤眉弄眼，装模作样，有侃侃而谈的，有“吭哧瘪肚”的，就像那些小品演员，或者是说相声的，当然，说的都是单口相声。

哈哈……

仪式结束了，我也就摇身一变，成了陶总经理，简称“陶总”。跟你说句老实话，有段时间我特别喜欢这个称呼，喜欢极了，每当听到有人这样叫，我都会产生一种荣誉感和自豪感，觉得特神气，非常有成就感，有一种发自内心的庄严感，仿佛已经不是一个普通人了，功成名就了……想想真滑稽啊！

# 第三日

（15 时——20 时）

陶兴说——

公司成立了，就要做生意，这是天经地义的事，也是摆在我面前的头等大事。对我来说，这件事并不容易，可以说很难，相当难。首先我没有做生意的经验，人都说经商是有遗传的，我当然没有这方面的遗传，我爸爸，我爸爸的爸爸，据我所知都不是干这个的。另外，公司的人也不行。当时公司将近 20 个人，基本都是不顶用的，大多数是机关子弟，就是那些考大学没考上的，不是很优秀，干干杂活儿还可以，干别的就不行了，有的就想暂时在这儿落落脚，心思并不在这儿。不过，那几年生意相对好做，只要有本钱，做什么都会赚，多少另计。我采取的策略就是不管什么生意，也不管生意多大，赚钱就做。当时我主要做电器这一块，大到音响电视，小到电熨斗电饭煲，反正柜台闲着也是闲着。别的也捎带着做一点儿，主要是美容和厨房用品，有时候，碰到价格合适的纸巾和洗衣粉也进一点儿，这些属于日常消费品，走得快，不压钱。这么说吧，尽管我不是很在行，还是赚了一些钱，也可以说，赚得还很不少。说白了，做生意不外乎一进一出，只要把握住这两点，没有不赚的。

当然，要讲赚钱，还是做大件产品好一些，比方那些大型音响，做成一件就有几千几万的赚头。那时候刚刚时兴夜总会歌舞厅，还有KTV包房、卡拉OK什么的，而且大有方兴未艾如火如荼之势，“新生活”啊，“城市激情”啊，“新体验”啊，“万家灯火”啊，当时名声都很大，你还记得吧？在我的感觉里，当时就是个消费时代，是一个疯狂加放纵的时代，大家都想尝尝鲜，所以他们的生意就特别火爆。每开一家夜总会就需要一套大型音响，这样商机就来了。而我抓住了这个商机。当时的“新生活”和“城市激情”，还有另外那几家，音响都是我做的，头几家做下来，公司就有了名声了，在别人眼里，你就成了这方面的老大了，权威了，一提做音响，别人自然就会说，找“百千万”去啊，他们做这个拿手。这也就意味着，我占领了这个市场，准确一点儿说，是率先占领了这块市场，市场则意味着钱，有市场就有钱。对于我个人来说，能赚钱就意味着我成功了。

说了不怕你笑话，我总觉得，那段时间，应该算是我这一生中最辉煌的时期了。在单位说一不二，人人拿你像祖宗一样敬着，一到门口马上就有人给你开门，紧接着就把茶给你沏上了，甚至连鞋油都有人给你打——当时我总在办公室另放一双鞋，一脱下来马上就有人过来擦了。在外边呢，也是有头有脸人模狗样儿，见了人要等着别人过来握手（领导除外），刚拿出烟来就有人打着了打火机擎在那儿等着。你一定还记得我那间办公室吧？那是我今生用过的最豪华的办公室，大约100多平方米，还有那张办公桌，大得像一张双人床。说来还真有一张床，不过是在另一个房间里，那是“他们”让我休息的地方。那张床上也发生过一些别的事，最著名的就是我和李茹那件事，这件事你早就知道了对吧？其实很多人也都知道，尤其是经我老婆孟芳菲那一闹，更是满城风雨。孟芳菲始终认为我和李茹之间并没有爱情，有的只是利用和被利用，我并不这么看……这件事，等下我给你细说。

听到这些，你是不是认为我很浅薄？这个我承认。可我当时却没这么想，也没时间这么想。那段时间我就像在一个梦里，一个忙忙碌碌的梦，一个挣扎和陶醉的梦，一个飘飘忽忽的梦，一个“自我感觉良好”的梦。说来说去，我就是那段时间感觉太良好了。而这绝不是一件好事。这意味着你就要倒霉了，要完蛋了，要走向事物的反面了。对我来说，这则是沦落的开始，不，应该说，我的沦落早就开始了，我是说精神上的沦落。

说到办公室，我还想起了一件事。就是那些书。在我办公桌的对面，有一整排书柜，里面放满了书，有一部分是旧书，有一些是新买的，有些是我特别喜欢的，特别是那些旧书，有的都跟了我好多年，当初买的时候，一本才几毛钱，杜甫啊，李白啊，老庄啊，红楼啊，诗经啊，还有普希金、孙犁、赵树理、《围城》、托尔斯泰、《红与黑》、《约翰·克利斯朵夫》、巴尔扎克、《静静的顿河》、《呼兰河传》，新买的多是精装书，有一些是全集和文集，有一套《鲁迅全集》，有一套《莎士比亚全集》，还有一套影印本的《金瓶梅》，是我托人花高价买的。我要说的是，整整一书柜的书放在那里，书柜还装着玻璃门，看上去整整齐齐干干净净。可是，说句实话，那几年，我却一本书都没看过，一个字都没看过，甚至连翻都没翻开过，不折不扣成了摆设。也不是完全没时间，有时候呆呆地坐在那儿，直眉瞪眼地看着被阳光照得闪闪发亮的玻璃门，心里一遍一遍地想，去拿一本书翻翻吧……可就是懒得动，不想动。其实就是不想看，因为没那个心情，也没那个心境，心里总是乱糟糟的，就像长了草一样，根本安静不下来，人虽坐在那儿，心却不知跑哪儿去了。

唉——

说到李茹。

应该说我早就知道她是个有心机的人，一开始就知道。好歹我也是写过小说的人，你说对吧？不过我感情挺复杂的，直到今天仍然如此。这是实话。我知道她跟我接触带有很强的目的性。而且，我之所以混到今天这地步，也和她有直接的关系。有时候我会恨她恨得牙根儿痒痒，有时候却又想她想得心痛，有时候，我甚至会想着她的样子用手“那个”。我也清楚她这人非常自私，又很贪婪，这乃是她那一类人的本性。孟芳菲说李茹是整个事情当中的最大受益者，说她卷走了多少多少钱，因为她是公司的财务，有这个便利。也许有这个可能性，我只能这么说。自打出事以后，我再没跟她联系过。老实说我怕连累她，我也不想连累她。这件事我只能自己担着，这也是必须的。现在她已经跟别人结婚了。她也只能这么做。但我始终有一种感觉，她肯定不会幸福，也许这辈子她都不会再觉得幸福了……跟你说，每次想到这一点，我都会难受一阵子，相当难受。

让我想想……第一次见李茹是在跟公司员工的见面会上，我给大家讲了几句话，匆匆忙忙的，也没说多少具体的东西，结束的时候，李茹跟我进了办公室，说陶总，我要请假去医院看病，我说去吧去吧你怎么了？她说我痛经，然后就走了。李茹你见过的，应该说不是特别出众，但是还算有几分姿色吧，人长得很白皙（特别是领口那儿），身材也匀称，当时有一点点瘦，年轻嘛！年轻就是美啊。我认识她那年，她才 23 岁。在她走了以后，我才突然想起了她说的“痛经”那两个字，心里总觉得怪怪的，有点儿让人想入非非，半天才缓过神儿来。后来我有意无意地了解到一些她的情况。她父亲原来就是我们机关的人，混了一辈子，连个科长都不是，不到五十岁就死了，剩下她和妈妈一起过，当然很艰苦，她也就很要强，事事都想争个高下，可又事事都不如人，连个大学都没考上，最后只念了一个“电大”。

客观说在我和李茹这件事上不是我主动的，当初我也没有这方面的想法，可因为她是财务，平常接触相对多一些，有时候公司请人吃饭她也到场，因为要她买单。开始她还不太适应，似乎还没进入角色，显得不大合拍，可能还很厌恶，但我能看得出来，她在努力，努力适应吧。老实说我也不大适应，心里也不舒服，可这是做生意啊，舒不舒服你都得受着。客人什么样的都有，基本以粗俗的为主，这么说吧，多是一些暴发户，手里有一点儿钱，一个个都牛皮哄哄的。而且每次都要喝酒，不是一般的喝，是往死里喝，喝得昏天黑地，不喝醉了不罢休，不喝醉了就是“装蛋”，没有诚意。当然，后来我是适应了（甚至还上了瘾，酒瘾）。不过我酒量有限，根本拼不过他们，几乎每次都要喝醉，有时候当场就吐了，吐个一塌糊涂，第二天还要头痛，不是一般的痛，是头痛欲裂的那种痛，身体也像虚脱了一样，脸色惨白惨白的，一阵一阵出虚汗。那感觉特别难受。这些，李茹当然都看见了，渐渐的，可能就开始同情我，或者说，心疼我。可能是这样吧。到后来，她就替我喝酒了，喝到一定的时候，她就会站起来说：“这杯酒我替陶总喝了吧，好不好？”大家就瞎起哄：“好啊！喝！”有时候会连喝好几杯，喝得两眼发直，嘿嘿傻笑，有时候还直勾勾地看着我，可怜巴巴的。

后来那件事情就发生了……尽管我没有什么精神准备，可我倒并不觉得突然，就是说，我是有这个预感的。那是××年的夏天，下午一点多钟（一点半多一点儿吧），我在办公室睡午觉，刚睡醒，正躺在那儿胡思乱想，她突然敲敲门进来了，穿着一条雪青色裙子，上身是一件白小褂，光脚穿着一双塑料拖鞋，头发一绺一绺的，好像还没干。“我刚洗完澡……”她看了我一眼说，神情有点儿慌乱，“你这儿有什么擦脸的东西吗?”她又说。我“啊啊”了两声，想从床上起来。她说：“你不用动，我自己找……”一边说一边迅速地四处“撒眸”，同时又说，“你怎么不开风扇？多热啊!”当时还没有空调。她把风扇打开了。风扇就在离床不远的地方。然后又看了我一眼，并且朝我走过来，边走边说：“把毛巾被搭上点儿，别感冒了……”似乎转眼之间，就来到了床边，扯起堆在我身边的毛巾被，好像还轻轻抖了一下，就往我身上拉。我一时很惊讶，也很慌。我见她脸色煞白，连气都喘不出来的样子，肯定比我还慌。我觉得心里忽地一胀，好像所有血都流进了心脏，我立刻就不慌了……

她流了血……

我和李茹就是这么开始的。我甚至觉得再也离不开她了。

一天不见我就想得要死。以至于后来很长一段时间，一见到她我就双腿发软，心跳加快。这可能就是爱情吧？所以我说我不恨她，到现在也恨不起来。我也觉得我不应该恨她，尽管他们都说她是个坏女人，我自己也知道她跟我并非完全出于爱情，而是有其他目的。没办法……

自从第一次之后，我们就经常在一起了。我们可以找到各种机会，一点儿都不难。比方说，下班后可以晚一点儿回家（后来我就经常找借口不回家了，孟芳菲也因此开始起疑心），还可以到宾馆开房。反正只要我有要求，打个招呼，李茹就会过来陪我，从无怨尤，甚至显得特别兴奋，脸色一下子变得通红（也许是因为害羞）。而且，她从来没有正面向我提出过什么要求，包括经济上的和名分上的，从来就没要求过我跟孟芳菲离婚跟她结婚。总的来说，跟她在一起的那几年，我一直都觉得挺快乐的。我想她也是如此。不管她是出于什么目的，她对我好却是真的，这我能够感觉到。后来熟悉了，她也对我讲过一些她家里的包括她爸爸去世之后的事儿，就像我在前边说过的那样，听后心里很不好受的。也讲过她爸爸，听起来是个不错的人，好像有点儿软弱，喜欢养花养草，与世无争，因此一辈子不得志。哦对了，她说她有“恋父情结”……

除此，也会说一些缠绵的话，就是所谓的情话吧，那一般是在那样……啊，这个你会知道的……比方你真好之类，还有我真爱你啊什么的，有一次她还说，知道我为什么要跟你吗？因为我欣赏你，我欣赏有头脑又有能力的男人，你就是这样的男人，你让我觉得踏实，第一次见到你，我就觉得骨头都软了……

我当然知道，她的话不完全是真的，也不完全是假的，有真也有假，可不管真假，我都毫不在意，听之任之……

偶尔，她也会对公司的事儿提一些建议看法之类，有一些说了就说了，有一些则被我采纳了。为什么会采纳呢？因为我觉得有道理……

## 第四日

（几天后。9 时 30 分——15 时）

陶兴说——

你这几天出差顺利吗？湖南我去过，还去过汨罗江，“路漫漫其修远兮，吾将上下而求索”，这才是典型的中国知识分子的情怀啊！相比之下，我辈……

我接着讲吧……

你出差这几天，我一直在想一件事——这也是我这些年一直“掰扯”不开的一个结儿——如果不搞那个“五湖四海餐饮城”，我就可能不会混到今天这一步。当然，现在想什么都晚了，正所谓悔之晚矣。不过，那时也根本不会这样想，想也只会往好处想。况且，任何事情的发生，都会有它特定的因素，比方当时的环境和背景，包括一些偶然因素。我综合了一下，大概有这么几条：一个是当时餐饮业特别火，老百姓苦了那么多年，总算有点儿闲钱了，动不动就要撮一顿，连过生日都要上饭店，所以生意特别好做，几乎所有的饭店都大把大把赚钱；另外，餐饮业赚头高，接近七成利，一个简单的例子，一斤鸡蛋才两块多钱，一个摊黄菜至少要收你六块，连半斤鸡蛋都用不上，这很让人眼馋；三是那几年做电器赚了些钱，那些钱放在那儿，难免头脑发热，烧包儿，让人不知道自己几斤几两；第四是虚荣心发泡儿，说野心膨胀也可以，狂妄，当然也急于证明自己，想把摊子铺得更大，装大头；五是恰好碰到了这么个机遇，如果不是赶上那个商场搬迁（实际上是倒闭），后边的事也可能就不会发生了。

话再说回来，事情也不是那么轻易就决定的。毕竟这么大个事儿，不论谁都会很慎之又慎，不会冒傻气的。在做出决定之前，我也是反反复复，又是考察，又是调研，又是协商，光和对方谈判就谈了十几次，租金啦，租期啦，都要谈，包括向对方的领导行贿——当时流传一个说法，叫“用小钱换大钱”——足足折腾了好几个月，然后又报主管部门批准（这个很容易，因为我此前取得的成绩，领导对我特别欣赏，一报上去就批了），最后我才下了决心。促使我最后下定决心的，可能还有一个因素，就是李茹随便说的一句话，她说："如果这个饭店开起来，你就是餐饮业的老大了。"我之所以最后下定决心，就是奔李茹这句话去的，或者说，是奔"餐饮业老大"这几个字去的。现在回想起来，李茹的话也许并不是那么随便一说，而是深思熟虑的，然后来了个"四两拨千斤"，那是因为她太了解我了，抓住了我的弱点。

虽说我慎之又慎，事实证明我还是"冒进"了，对形势的估计过于乐观。我当时的想法已经不仅仅局限在开饭店，我要把它搞成集餐饮娱乐包括卡拉 OK 洗头洗脚还有舞厅等为一体的"拖拉斯"。现在不是有一种"一站式服务"的说法吗(当时还没有)？实际上，我想搞的就是那么一种东西。意识够超前了吧？还有它的名字，"五湖四海餐饮娱乐城"，是不是气魄很大？这名字也是我取的。我要的就是这种感觉。当然，感觉归感觉，当时，我也曾经对各个方面的情况做过一些测算，就是所谓的评估吧，那是跟李茹一块儿搞的，应该说是比较认真的，也相当客观，总不能自己骗自己嘛！测算内容包括可以搞多少"雅间"，每个雅间每天会消费多少钱；大厅每天可以接待多少人，每个人平均能消费多少钱。卡拉 OK、洗浴、洗头洗脚、台球厅、舞厅……也都做了测算。具体数字我现在记不清了，这么多年了嘛！但是结果非常乐观。而且，每一项测算我们都有意识地留了余地，大约百分之四十的余地，这个余地很大了。即便这样也还有钱可赚，可以赚很多，每天几万十几万似乎不成问题。每个做生意的人都想赚钱，没有一个想赔钱的，这是天经地义的事。

但是，我们忽略了一个问题，一个重要的问题，这个问题埋下了隐患，一会儿我给你讲。

后来就拍了板（这个板当然是我拍的）。接着跟对方签了租赁合同，因为给对方管事儿的送了钱，对我们非常有利，一个是总体价位比较低，另外还搞了个分期付款，比方说首付多少，第二次付多少，第三次再付多少，等等。说白了就是肥了个人亏了国家。其实还不仅送钱，吃呀，喝呀，桑拿呀，按摩呀，一整套全都做了，而且不止一把。嗨，那孙子美的，小脸儿红扑扑的，就像走路捡着了金元宝！但我们得到的好处更大，大得多。第二步是搞了一个装修方案，方案很具体，雅间、大厅、卡拉 OK 厅，等等，都各有各的设计，这我就不细说了。总的思路是要高级，上档次。然后就开始做，换句话说，就是开始“烧”钱。这个款，那个款，开始一笔一笔地往出划，真就像烧钱一样。钱先是从公司的账上划，很快就划完了（还要留点儿做日常开销）。接着又从银行贷款，前后贷了两笔，数额都很大，后来银行就不给贷了，怕我们无力偿还。这里还有一个因素，就是正赶上当时紧缩银根。

这时工程正在进行当中，停是不能停的，我也没考虑停，那是不可能的。在这种情况下，就只有一条路能走了，那就是“集资”。这主意是我跟李茹想出来的，准确说，是李茹帮我想出来的。我当时很着急，以为抓住了一根救命稻草，马上就开始操办。集资一般有这样几种途径：一个是大范围的，就是到社会上去集，那要有好的项目，还要经过批准，很麻烦，批准也很难；另外就是在内部集，单位职工什么的，这倒很容易，但那肯定集不了多少，人数有限；还有就是小范围集，亲戚朋友什么的，这样既可以多集一些钱，影响又不会很大。后来我就采用了这个办法。不，应该是后两种办法一起采用了。

我先动员了本公司的人，同时让他们联系自己的亲朋好友，说公司扩大业务需要钱，希望他们把手中的余钱暂借给公司，不是白借，公司有回报，还说了回报额是多少，就相当于存款的利息，不过要比存款的利息高得多（用李茹的话说，不高就不会有诱惑力）。应该说，大家的反应都很积极，帮公司集到了一部分钱，不过不很多，条件所限吧。其中包括李茹。我就更不用说了，按情按理我都应该是最积极最卖力的，所以，我集的钱也就最多。那段时间，我全心全意地做的就是这件事，电话不知打了多少个，把凡是我觉得有点儿经济实力的亲戚朋友挨个儿都找了，包括一些只见过一两次面并不是很熟悉的人，有的是以前生意上有过合作的人，这些人基本都是单位的头头脑脑，手里有权，说了算，再加上对我的信任，出手都很大方。

集来的钱，马上就投进了“五湖四海”的装修。

因为集资的人太多，很多人我都忘记了，有的当时就印象不深，现在怎么想也想不起来了。

值得一提的是孟芳菲，她也帮我集了钱，20万。钱是她从单位搞来的，准确说是她从中搭的桥。她是单位的老职工，工作能力又很强，人缘儿也不错，领导都很信任她，这件事就做成了。为此我很感激她，特别是在当时的情况下，我和李茹的事，她已经知道了。我不知道她心里是咋想的，为什么还会这样做。她完全可以不做的，我根本就不会说什么，当然也没脸说。咳，这件事给她带来了很大的麻烦，这个你知道的。那笔钱至今还没还。而她作为中间人或担保人自然要承担责任，当时还签了字，这个干系她脱不了。后来单位只好扣发她的工资了，每月只发给一点儿生活费，用其余的钱来抵债。他们单位也成了受害者，原来那个领导就因为这件事被撤了职。不过单位还算是宽宏大量，还允许她停薪留职，不然她也不会离开原来的单位，跑到现在的公司，名义上是做图书策划，实际上一点儿地位都没有，每月只拿两千多块钱的工资，养活孩子不说，还要养活我。现在又遇到了一个新问题，她已经到了退休的年龄，可是单位不给她办手续，说要等到把钱还清了才给办。说起这些事，我还真觉得愧对孟芳菲了。后来我曾经问过她，当初，在那种情况下，她为什么还会帮我？她说，因为你是孩子的爸爸呀，你当时那么着急，我不能眼看你陷到困境里出不来。

再就是我表哥，我大姨家的孩子，平常我们并不怎么来往，他开了一间木器店，当初我也给他打了电话，他说他手里只有八万块钱，是准备进材料用的，我留下两万，既然你急需，余下的你先用吧，不过可要按时还我。我说我保证，我现在只是资金周转遇到了问题，饭店一开业马上就回来了。我还告诉他，你只给我五万四就可以了，另外那六千作为利息直接返给你，借据还按六万元开，一年为限。他说好好，还大老远地亲自把钱送到了公司。那是我最后一次见到他，以后再没有见过，至今印象非常深。前几天我还梦见了他，他用他又粗又硬的手掌拍着我的肩膀，眼泪汪汪地说："表弟，快把钱还我吧，要不我就回不了家了……"我一下就被他吓醒了。我知道表哥已经死了。就因为我没还他那些钱，他又气又急，硬给窝囊死了。后来我曾经收到表嫂的一封信，她在信里骂我是骗子，还说恨不得一口一口把我吃了。

唉……

说实话，这种情况是我没有想到的，我根本就没往这方面想。我当时只想把"五湖四海"尽快装修好，尽快完工，尽快开业，然后尽快把集来的钱，包括银行的贷款，统统还清。

我当时的确是这样想的。我再怎么着，再怎么堕落，也不想去当个骗子，也不至于去当个骗子呀！

好在“五湖四海”的装修还算顺利。那段时间，我几乎每天都要现场去看一下。后来有一天，他们终于把一切都搞好了。那段时间，我累得几乎就要瘫了，整个人都是软的。验收过后，我就和李茹去宾馆开了一间豪华房，事先跟李茹说好，今天我要自己睡。又喝了一杯红酒，然后就睡了。据李茹说，那天我睡得一点儿也不安稳，不停地翻身，身体七扭八歪的，偶尔还短促地叫喊一声，声音有时候很尖，有时候很闷，就像在做噩梦。她说她跟我不同，一点儿睡意也没有，就一直坐在一边看着我。我问她心里都想什么了，她说她挺心疼我的，还说她觉得跟我跟对了，还说她心里总有一点儿愧疚，我问她愧疚什么，她就不说了。后来我让她打开了电视，里面正放一个专题片，是说历史上的“科举”的，里面有一些画面，还有一些解说词，让我很感触，中国的知识分子就是这么一代一代过来的，你会发现他们很相像。现在有一个新词儿是怎么说的了？好像叫价值取向吧？

这话说远了。

装修虽然搞完了，可是还不能很快营业，还有好多事情要做，办营业执照什么的，还要成立管理层，下边又设立了好多部，餐饮部呀，娱乐部呀，等等，还要招聘员工，厨师、服务员，其他还有洗脚工、勤杂工、电工，还要定做工作服，还要进一系列的设备，还要制定规章制度……反正还是个忙，所不同的是，没有以前那么大的压力了，觉得一切都指日可待，希望就在眼前了，只要一开业就一切都好办了，因此心情也要比前段时间好一些。在人事安排上，也都一切按我的意思办的，同时也安排了一些别人求我安排的人，这就是权力的魅力。老实说，这种魅力还是很诱人的（当然它也会腐蚀人）。这些事情又忙了几个月（两个多月吧），“五湖四海”总算开业了。我心里的一块石头终于落了地。不用说，日子也是特意挑选的，9 月 8 号，九八，“就发”。而且，这次更加隆重。还搞了彩色的氢气球，下面悬挂着大幅的标语，“祝贺五湖四海餐饮娱乐城隆重开业！”“五湖四海——最大！最全！最优质！”围观的人成千上万，人人都抻长了脖子看。跟你讲，光一个开业仪式就花了十几万。当然，我认为这钱值得花，这样才有面子嘛，用咱老家的话说，长（zhǎng）脸嘛。

刚开业的头几天，饭店还显得很热闹，那主要是我们在请客，领导啦，卫生防疫啦，工商税务啦，治安和城管啦，都要招呼一下。当然，也有一些慕名而来的顾客——实际上，他们才是我真正需要的——虽然不是很多，但每天还可以保证正常运转，餐饮啊，洗浴啊，娱乐啊，舞厅啊，人进人出的，偶尔也有喧闹声在这里那里响起，这是我当时最喜欢听到的声音，也是所有做这一行的人最喜欢听到的声音，它说明你生意好人气旺。

一般而言，大凡新开张的饭店（包括娱乐场所），都要经历一个逐渐被认识或者被认可的过程，开始客人不会很多，但是逐渐会多。这里因素很多，也很复杂，比如口口相传，哪哪儿有个饭店，怎么怎么好；位置是不是很好，来往是否方便？另外，你周边的经济条件怎样？是不是有很多大的单位（他们往往是消费大户），再就是你的服务质量能不能保证……诸如此类吧。我本来以为“五湖四海”也会是这样子，客人由少至多，天天人声鼎沸，名气由小到大，效益由低到高。要是那样多好啊！

愿望终究是愿望。

不用说，我所期待的景象并没有出现。恰恰相反，开业没多久，“五湖四海”就显出了颓势。关键的一点就是客人越来越少，稀稀拉拉的，一天百十个人，后来百十个人也没有了，最多就五六十人，“五湖四海”那么大的规模，就这些人，是连电费都赚不回来的。

我怎么也想不明白这是怎么回事儿，现在也没想明白，也许是新鲜劲儿过去了？也许是不合他们的口味？反正就像大家都商量好了，就是要跟我作这个对。跟你说，我当时真是快急死了，也想了各种办法，使了各种招数，什么打折啊，送礼品啊，在店门口贴海报啊，请扭秧歌的到大门口来扭秧歌啊，包括调整饭菜的口味，为此把原来的厨师还给换了，还请过阴阳先生来给看风水，老兄手拿罗盘，这儿看看那儿瞧瞧，嘴里叨叨咕咕，最后说，你这风水挺好啊，旺金又旺银，简直就是个聚宝盆了……那时候，我常常站在店门口看街上的行人，眼巴巴地，一边看一边想，这个人会不会来呀？这个人会不会来呀？而且经常会有那种冲动，跑过去拦住他们，哪怕低三下四，也要恳求他们到店里来……

也许是受到阴阳先生的影响，或者说暗示，当时我还心存侥幸，总想再坚持一下就会好的，坚持一下我就会时来运转。我就这样硬撑着，撑了一天又一天，一天更比一天糟。这样一来二去，那些集来的钱也陆续到了还款日期，讨债的人纷纷上来了。开始的时候，我采取的是拖延战术，连哄带骗，因为我压根儿就没钱还他们，而且数额那么大，我根本就还不起。到后来，我就干脆不露面了，把所有的事情都交给了李茹，让她在外边应付，我则整天躲在一间办公室里，把门一锁，不管谁来找，都说我不在。我的办公室和李茹的办公室紧挨着，这样，有时候就会听到从那边传来的声音，有一些脾气不好的，会跟李茹吵架，有的说要起诉我，有的还会砸东西，闹得乒乓乱响，每次听到这些声音，我都吓得大气儿不敢出，心一慌一慌地跳，感觉马上就要“熄火”了……

## 第五日

（14 时 20 分——23 时 15 分）

陶兴说——

我接着昨天说吧……

后来，就发生了那件事儿。

现在我已记不清特别具体的情况了，不过肯定是在一天的傍晚，已经亮起了路灯。我好久都没回家了，想回家去看看（为此李茹还不高兴了，尽管她什么也没说）。为了不被人注意，我特意打了一辆出租车。车直接开进了我家那个大院，停在单元门前。我家那个楼门是电子防盗门，在楼下就能按门铃叫人开门，也可以自己拿钥匙开，这个你知道。当时我的心情挺复杂，因为很久没回来，心里还有点急切，想我就要见到儿子了！同时又很不安，我把事情搞成了这个样子，再加上和李茹的事儿，说不上孟芳菲对我什么态度。我在门口犹豫了片刻，拿不准是按门铃呢还是自己用钥匙开，最后还是觉得按门铃比较好，这样他们就不会太吃惊了。

就在我按过门铃等着孟芳菲或者陶器过来开门的时候，从我身后上来了两个人，其中一个问："是陶兴陶老板吗？"我当时就意识到事情不对了，心里还想否认，嘴上却下意识地说："是，我是……"话一出口，两个人立刻就一边一个架住了我的胳膊。我吓了一大跳，尖声说：“干什么？你们，干什么……”两个人当中的一个说：“别担心别担心，有点儿事儿跟你商量商量……”就在这时候，大门上的通话器里传来了孟芳菲的声音：“谁呀？是你吗？”一听有人说话，那两个人立刻就不吭声了，静静地站在那儿。奇怪的是，我也不吭声了，也那样静静地站着。片刻，其中一个说：“啊，对不起，按错了，按错了。”又片刻，我听见“咔嗒”一响，她把话筒挂上了。我说不清我当时是咋想的，我可以向孟芳菲呼救，那样她也许可以帮我。那一瞬间我非常犹豫，我想我是不想让孟芳菲知道这件事，一个是要保护她和儿子，不想把他们牵扯进来，还有就是不想在她面前丢人现眼，尤其不想让陶器知道这些。这是一个做父亲的尊严呐。即便现在，有些事情陶器仍然不是很清楚，很多事都瞒着他。

接着，那两个人就把我带到了一辆小汽车跟前，一个人在前头开车，另一个人跟我坐在后座上。车很快开出了院子。我当时特别害怕，心里直突突，似乎总觉得有尿要撒，说起来真丢人哪！不过我表面上还装得比较平静，一边心跳一边问我旁边的人我们去哪儿。那人笑了一下说：“啊，别着急，不远，到了就知道了。”我又说：“我们好像不认识吧？”那人说：“对不起，陶总担心了吧？没事的。我们是胡总的朋友，就是胡海清，他想请你到他那儿聚一下，玩几天……”他这一说我就知道怎么回事了。他们说的胡总，是双鱼县一个小造纸厂的厂长，主要生产商标纸，当初我也向他集了资，30 万，这之前他到“五湖四海”来过几次，都没找到我，事后听李茹说，他当时特别着急也特别生气，大骂我他妈的不够意思。一会儿，那人又说：“胡总跟我们说了，无论如何也要把陶总请到……”胡总是我在机关那几年认识的，当初我也算帮过他的忙，集资的时候我就找到了他。应该说，他当时还是挺仗义的，那么一个几百人的小厂，显见资金并不是很宽裕，可我电话一拨过去，他马上就答应了。

汽车出了市区，又跑了一个多小时，把我拉到了双鱼县郊的一个地方，有一幢两层小楼，看样子像是一个住家，因为天晚了，还给我准备了夜宵，很丰盛的，就摆在楼下的客厅里。不过胡总并不在场。记得当时我还问了一句：“哦，胡总不在？”两个人中的一个说：“胡总有别的事，他让我们陪你。”另一个随即说：“先吃饭吧，吃完饭我们还有事情谈。”口气突然变得很不客气。我心里一哆嗦（我是敏感的），后来就坐下吃饭。饭桌上的气氛很压抑。吃完饭，他们带我来到了楼上一个房间，靠墙有几个沙发，我们坐下来，还上了茶。过了一会儿，坐在我对面的那个人说：“陶总现在知道我们为啥请你来了吧？”我点点头，没说话。“陶总是个明白人，明白人好办事啊……”他又说，“简短说吧，这件事胡总交给我们办了。很简单，胡总想让陶总尽快把那笔钱还给他。胡总现在经济方面很紧张，急需那笔钱。具体情况我就不说了。胡总事先有交代，说你是他的老朋友，让我们一定好好款待你，反正就是好吃好喝吧。胡总的意思是，陶总什么时候把钱还给他，我们就什么时候送你回去，一个月也行，两个月也行，半年也没问题。至于胡总，他最近特别的忙，恐怕没有时间过来见你了……”我听得一身的冷汗，情不自禁地说：“你们这可是非法……”那个人哈哈一笑，打断了我说：“不至于吧，不就是老朋友想念了，凑到一起乐一乐嘛，没有那么严重吧……”

我在那里住了十来天，那两个人（后来又增加了一个）每天轮流陪我，可说是形影不离，我到客厅他们就到客厅，我看电视他们就看电视，连上厕所也要跟着（厕所在室外），只有睡觉是我一个人。我睡觉是在楼上的一个房间，他们在窗户外头装了铁栅栏（不知道是以前装的还是这次现装的）。开头那几天，那几个人对我还好，一口一个陶总地叫，“陶总吃饭了”，“陶总看会儿电视吧”。伙食也不错，每顿饭都有几个菜。可我根本就吃不下，心里火烧火燎的，不等吃就饱了。那么大一件事儿搁在那儿，愁也把人愁死了，你想想。

胡总一直都没露面。

那几个人，开始我还以为他们是胡总派来的，后来才知道他们是讨债公司的，职业就是替别人讨债，然后按比例拿酬金。这些人自然没什么教养，有奶便是娘，说得严重点儿，基本就是些人渣儿，专门靠干坏事活着，心狠手辣，有时候又显得机灵乖巧，阿谀逢迎，见风使舵，什么都会一手，遇到比他强的人宁愿当孙子，遇到比他差的人，他就是爷爷了。所以说，他们对我的客气也是假装的表面的，实际对我十分轻视，根本就没瞧得起我，认为我是个失败者，特别是那会儿，仅仅是他们手里的一张牌，他们可以想怎么耍弄就怎么耍弄。

不出所料，没几天，他们对我的态度就变样儿了，一个个嘻嘻哈哈，对我说一些调侃的话，轻薄的话，每句话里都弦外有音，让你想急不能急，不急又特生气，后来就更不像话了，见我迟迟搞不来钱，就什么话都敢说了，包括一些侮辱人的话。

有一天吃晚饭，我实在没胃口，吃了一点儿就不吃了。他们仨当中的一个说："怎么着陶总，听说你以前天天山珍海味的，觉得我们的饭不好吃吧？"明显有挑衅的意思，可这还算好的。我说："哪有什么山珍海味，我……这几天胃口不怎么好……"三个人中的另一个笑了笑，说："哈哈，你们瞧，咱们陶总还讲胃口呢！"第三个就更不像话了，他先看了我一眼，又把眼睛转到了别处，然后说："操！就他，还讲鸡巴胃口？你问问，他那胃口值多少钱？值不值三十万？"我气得浑身直抖，本想跟他大吵一通，嘴却像被锁住了一样，光说了一个“你”字，再就什么也说不出来了。可他们还不罢休，那第一个用打圆场的口气说：“你这家伙，也太让人下不来台了，人家可是个知识分子，脸皮薄呢……”第二个也说：“对呀，你没听人家说嘛，陶总还是名牌大学生呢!”第三个，就是说我胃口值多少钱的那个说：“知识分子我见得多了，就没见过他这样的，外号‘没尾巴狗’，一肚子花花肠子，兜里插根钢笔就敢装领导……”大概觉得自己说得有趣，说完还哈哈大笑起来，肆无忌惮，把嘴里的饭喷了一桌子。笑得我心里直冒凉气，真想把他杀了。如果我有那个能力，我会那样干的!

可是我没有！我知道我没有!

当天的晚上我哭了，鼻涕一把泪一把，感觉心里生疼生疼的，好像正在一块一块被挖掉。许多年以来，那是我第一次那样哭。连我父亲去世我都没有那样哭。这里边既有委屈，又有伤心，伤心我怎么混到了这个地步！委屈我一个大老爷们，一个受过高等教育的人，一个所谓的知识分子，居然会遭受这样的侮辱！这是我做梦都没想到的啊！人格啊！我丧失了我的人格啊！这可真是奇耻大辱啊！我还有脸见人吗?

那天晚上我想了好多事儿。那会儿我不哭了，渐渐平静下来，可是心里在不住地翻腾。我想我怎么会这样的，却又想不出个什么原因，我说的是骨子里的原因，灵魂深处的原因，不是那些表面的原因。不过，我倒没去过多地想以前那些往事，我觉得，对于现在的我，那已经没什么意义了。当然我脑子里也闪闪烁烁地闪出了一些片断，一些零零星星的东西，比方有个什么人在哪里说过一句什么话。也想起了一些人，包括你，却感觉所有人都离我是那么远，远不可及，而且每个人都面目模糊。那种感觉非常可怕。应该说，还在那时候，我就想到了我现在的结局，知道从此我就完蛋了，所有的前途都到此为止了。这就不仅是可怕了，还叫人悲哀，悲凉，甚至绝望。我也想起了孟芳菲和陶器，这是不用说的。我平常想他们的时候并不多，很长一段时间以来就是这样，我一直把他们放到一边，完全把他们忽略了，偶尔才会想起他们。可是，那天晚上不同。一想起他们，特别是想起陶器，我立刻一阵心痛，是那种痛彻骨髓的痛啊！我当时一个突出的感觉是：现在，包括以后，这一切都无法弥补了，因为我无力弥补了。这才是最要我命的。想起陶器的样子，想起我每次回家他看我时期盼又怯生生的眼神儿，我就像活活被刺穿了一样，差一点儿休克过去……

前边那种情况后来又发生过几次，而且一次比一次更放肆，更让人受不了。总之他们就是要羞辱你，任何一个话头都可以成为引子，成为契机，然后便胡说八道一通，“嬉笑怒骂皆成文章”。包括我和李茹的事儿，他们也知道了，也成了他们的话题。说别看陶总现在不行了，当年可是风光过的，那么年轻的小娘们儿都干过了，还是心甘情愿的……类似这样的话。而且经他们嘴里一说，又显得那么下作，就像说黄片一样，什么都变味儿了，简直能把人气死……他们是有意这样做的，气你，羞辱你，刺激你，让你赶快把钱拿来。

他们的目的就是这个。

我当时也想尽快把钱还上，否则他们绝不会放我走，而且不知道还会做出什么事。我这个想法越来越急切。我实在受不了了，最后也许会垮掉，自尊心垮掉，精神垮掉，整个人垮掉。不过，在当时的情况下，一下子搞到 30 万，对我来说已经是不可能的事。就是说，实际上我已经到了求告无门的地步。当时唯一能够指望的就剩下李茹一个人了。尽管“五湖四海”不行了，钱还是有一点儿。那些钱都在李茹手里，是我和李茹商量好了留下来的，只有我和李茹两个人知道，账目上根本看不出来，不过具体数字我不是很清楚，那都是李茹自己操办的，但肯定要比 30 万多得多。简单说，那就是我们的小金库，我和李茹的小金库，或者说，那干脆就是李茹一个人的小金库。

我给李茹打了电话。电话是在那几个人的监视下打的。我住的地方只有一部电话，在楼下客厅的茶几上，平常总有人守在那儿，没人时就把电话线拔了，目的无非是怕我走漏什么风声。那天打电话之前，我先跟他们请示了，还由他们拨好了号码，又在确认了身份之后，才把话筒交给我。电话是在晚上打的，十点钟以后。我记得清楚，李茹的声音十分害怕，颤抖抖地，一连声地问我，刚才是谁？这几天你在哪儿？发生了什么事儿？我讲了一下情况，又不能讲得太详细，只说我在一个朋友这儿，大家聚一聚，因为走得急，没跟她打招呼。我以为她会为此生气，甚至会哭，没想到她沉吟了一下，然后冷冷地说："是吗？我跟你说，'五湖四海'被查封了，法院来人给封的，昨天上午……"这个消息让我大惊失色，当时差一点儿昏倒。停了一下，她问我："你打算怎么办？"过了一会儿，我才渐渐平静下来，心里痛痛地说："我不知道怎么办。我现在急需一笔钱，30万……"不等她说话，我又说："你要把钱送过来，交给双鱼县的胡老板。你认识他，我们一起吃过饭。越快越好！明白我的意思吗？"李茹没吭声，接着就把电话撂了。

我猜不透李茹什么意思，不知道她何以不说话就把电话挂掉，她是想帮我呢还是不想？不过我断定她明白了我的意思，她是聪明的，一定会听出我话里面的暗示。那天夜里我几乎没有睡觉，脑袋一直在"帮或不帮"上打转转，一忽儿认为她会帮，毕竟在一起这么久了，总是有感情的，一忽儿又认为她不会帮，因为我已经不是从前的我了，已经没有可利用的价值了。想到会帮的时候，我就会把她想得很好，心里也充满了安慰，想到她不会帮的时候，则会把她想得很坏，会咬牙切齿地骂她，用的是最脏也最恶毒的话。第二天又焦急地等了整整一天，早晨，上午，中午，下午，越等越焦急，越等心里越没谱。不同的是，这时候我心里已经明显没有了怨气，怨气都变成了期盼，变成了祈求，祈求她过来帮我，让我离开这个地方，就是说，我已经把她当成了救星了……

这天傍晚，准确说是在吃晚饭之前，有人打来了电话。电话铃响的时候我在楼上。听到铃声，我的心立刻狂跳了几下。那三个人当中的一个接起了电话，他说话的声音很小，因此我什么也没听到，不过我倒是听到了他的笑声，呵呵呵呵，就像驴叫一样。我耐心地等着，等着他把话说完。一会儿他上楼了，接着推开了门，笑嘻嘻地对我说："好消息，陶总，胡总刚来了电话，说……"说到这儿他咳嗽起来。不过我已经知道下边的内容了。他还没咳嗽完，我就说："我现在就可以走了吧?"他急忙止住咳嗽，说："别急别急，这就要吃饭了，胡总说多炒几个菜，代他给陶总赔个不是，这些天，哈哈……"我说："饭我就不吃了，不饿，你代我谢谢胡总吧……"我一边说一边往外走，来到楼下的时候，那人又把我叫住了，说："哎，陶总……胡总说，有个人在县里等你，女的，她让你直接去'双鱼饭店'，209 房……"

我脑袋嗡地一下，知道那是李茹。

后来我见到了李茹，她很憔悴，也很冷静，额角别着一只黑发卡，先对我讲了一些“五湖四海”目前的状况，然后给了我两万块钱（装在一个信封里），字字清楚地说：“我看你就别回去了，到别的地方去，最好现在就走，北京上海哪儿都行，反正别让人找到你……”话一说完人就走了，没对我笑，也没对我哭。

这是我们最后一次见面，从此再没见过，直到今天。我对她的情况也一无所知，一无所知啊……

## 第六日

（隔一天。9 时——14 时 30 分）

陶兴说——

我去了上海。

去上海并不是我特意选择的，而是恰巧有那么一趟火车，让我赶上了。明白我的意思吧？

上海我以前出差来过几次，可是谈不上熟悉，那时候都是住在一些比较大的宾馆，锦江饭店什么的。当然这次不同了，是不是？一下火车我就买了一张上海地图，选了一个相对偏僻的地方，先在一家旅店住下来，然后开始慢慢地找房子。旅店很便宜，住一晚才一百块钱，还包早餐。那地方在杨浦区，离虹桥体育馆不远。上海的房子很不好找，上海人特别小心，一上来就跟你要身份证和暂住证。身份证我倒是带着，暂住证却一直没办，我怕出麻烦。后来认识了一个在旅馆附近开拉面馆的兰州人——我总去他那儿吃拉面——经他介绍，才好歹租到了一间房子，一屋一厨，800 元一个月。房主是一对老头老太太，老头瘫痪了，老太太每天推他出去晒太阳。房子租好后，我又买了一些必需品，被褥枕头什么的，然后便离开旅馆，搬过来住下了。

就在来上海不久，我和孟芳菲办了离婚手续。不过那是假离婚。我们不得不那样做。“五湖四海”被查封后，因为找不到我，那些讨债的人就经常到我家去，其中也有讨债公司的（类似胡总找的那帮人）。一般的人还好说，把情况说清楚就行了，总算是通情达理的，讨债公司的人就难对付了，这些人我领教过，有一次，为了等我，他们居然在我家一连住了三天，把冰箱里的东西都吃光了。这些都是孟芳菲后来打电话告诉我的。那时候我刚刚搬到新租的房子里，房间有一部电话，我把号码告诉了孟芳菲。孟芳菲当时很激动，说话的声音都是颤抖的，说着说着还哭了。再后来，我们就想到了离婚这个主意。确切说，这主意是孟芳菲先想出来的，不过我马上做出了回应。“好啊好啊，我同意。”我当时说。孟芳菲很敏感，说：“你这话啥意思？”我说：“我没啥意思啊……”接着又跟她解释了半天，这事才过去了。随即，我就写了一份离婚协议书，签上名，寄给了孟芳菲。在把协议书投进邮筒的一瞬间，我突然觉得心里一空——真也罢，假也罢，反正我又一次成了孤家寡人了。

实际上，我们这些年一直就是这个样子，不即不离的，我的生活全靠她供养，吃的，穿的，住的，包括看病，包括胰岛素，就像我在前边说的那样。还包括给她造成的影响。作为一个老婆，她做得确实足够好了，可说是仁至义尽了。但是我知道，我们之间一直是有疙瘩的，而且是个化解不开的疙瘩，那就是李茹。这么跟你说吧，自从我跟李茹在一起以后，我们就再没做过夫妻间的事儿，一次都没有过，她根本就不让我碰她，直到现在。我很清楚，尽管她帮我，供养我，心里却瞧不起我，鄙视我。她是个有原则的人，原则害死人啊。当然，我并不怪她，一点儿都不。要怪只能怪我自己。

我总觉得我是一个被抛弃的人。这也是我在上海那些年的感受。我被所有的人给抛弃了。这其中包括李茹，包括孟芳菲，包括我那些同学和曾经的同事。总而言之，是所有的人。

对我来说，上海当然是陌生的，举目无亲。可我却在这个陌生之地住了六七年。没有工作，没有朋友，没人跟你聊天，甚至连他们之间说的话你都听不懂。你想想，那些年我是怎么过来的吧。说得简单点儿，那就是熬。一年一年地熬，一天一天地熬啊。况且，以我这种独特的身份，还要处处小心提防，唯恐被人发现了行踪，精神上的紧张也是可想而知的（当然被发现的可能性不大）。有时候，我会到街上转一转，不过一般不会去太远的地方，就在我住处的附近。有个成语怎么说的了？踽踽独行对吧？我基本就是那个样子，而且都是走在人行道的里侧，贴着墙根儿，走路还要踮着脚（这样说有点儿夸张了，就是这个意思吧），一边走路一边看着街上的行人。放眼全是陌生人，或者说混迹于陌生人当中，反正没有一个认识的，感觉就像一粒沙子对另一粒沙子，真是让人倍感孤单。

外滩和南京路我也去过，越到人多的地方越感到孤单。

跟你说，刚到上海那段时间，我的情绪非常低，可说低落到了极点，灰心丧气，悲观失望，前途渺茫（连渺茫都谈不上，是根本没有），精神涣散，混吃等死……说实话，当时我还真有几次想过死了算了，可就是下不了那个决心，连我自己都感到奇怪，我还在留恋什么？那段时间，除了偶尔到街上走走，多数的时间都是在住处闲呆，把人呆得都快傻了，好几天都不刮一次胡子，脸也不洗，没那个心情，至于那方面的欲望，更是根本就没有……

这样，再加上种种的不适应，气候啊，吃食啊，等等，后来我就病了。应该说，那场病不轻。病不是一下子就来的，开始也不知道是糖尿病，就是身上不舒服，难受，哪儿哪儿都难受，心里发虚。再就是总觉得口渴，刚喝完水就又想喝，还动不动就想上厕所，一天不知道要上多少趟。饭量也一下子变大了，胃口好得不得了，因为不吃不行，不吃就觉得饿，而且饿起来如狼似虎的，逮住什么想吃什么。可是与此同时，人却越来越萎靡，疲倦，累，觉得身体特别沉重，一坐下就不愿意起来。这种情况持续了一段时间，大约有一两个月吧，我一直也没当回事儿，总以为是对环境不适应造成的，另外就是精神造成的影响，所以就那么挺着。而且最初也没打算告诉其他人，我指的是孟芳菲。自从办了那个手续，我心里总是不怎么舒服。不过有一天，我眼睛突然又出了毛病，眼窝儿黏糊糊的，看东西也不清楚了。我这才有点儿害怕，心想怎么回事儿啊，是不是问题严重了？就到医院去看了一下，一看就看出了糖尿病。

我吓得够呛。

据大夫说，我这是急性发作期，要住院治疗，不然会有很大危险。大夫还说，这种病是治不好的，只能使病情稳定下来，然后再慢慢调养。

人真是奇怪得很，前段时间我还要死要活的，听到这个消息以后，要死的念头居然一点儿没有了，一心就想活下去了。

这时候，我才给孟芳菲打了一个电话，一个是通报我生病的消息，一个是征求一下她的意见，问她要不要住院。孟芳菲很着急，说，快住院！马上住院！我现在就订机票，有票的话，明天就赶过去！

第二天，孟芳菲就来了上海。说来她还是很够意思的，一到上海就帮我办了住院手续，然后又留下来陪了我十几天，后来因为单位那边有事催她，她才不得不回去了，临走前，又帮我找了一个看护，照顾我，临走的时候还一再说，不要急着出院，听医生的，他们让出你再出。

我在医院住了一个月，控制住了病情，钱也花了不少。奇怪的是，我居然还对医院产生了感情。如果不是担心钱，我真想就那么在医院住下去，住他个地老天荒。那一个月，我对医院的环境气味声音，都熟悉了，还适应了。特别是那个气味，闻起来那么舒服。包括医院的伙食，多数人都说不好吃，我却觉得特别合我的口味。但是这些都不是主要的。主要的是，我觉得在那儿心里安静、放松、踏实、有安全感，觉得这里就像个避风港，或者说，我把医院当成了避风港。这种感觉是不是挺奇怪的？要是在从前，这怎么可能呢！

从医院出来以后，我的心态好像也发生了一点儿变化，简单说，就是进一步明确了我的境况，不论怎样，不论我喜不喜欢这里，不论我多孤单，我也得在这里熬着，除此再无别的选择，最多也是再换一个城市，可那又有什么意义呢？更何况，比较而言，这里可能还是最安全的，一个是它很大，再就是离家远，一般人不会想到我能跑这么远，就是想到了找也不好找，那是大海捞针。因为有了这个变化，心情似乎也比原来好了一点儿，还想抽空儿到周边一些地方去转转，杭州苏州了。还想要找点儿什么事情做，打打零工什么的，总那样闲待着毕竟不是个事儿。也可以挣点儿小钱，帮孟芳菲减少一些负担。当然这也是很难的，到我这个年纪，肯定不会有人愿意用，关键是，我现在好像什么都不会干了，最多就是到饭店给人家刷刷盘子，也就这个还能干。也妄想过能不能写点东西，写写我这些年经历的那些乱七八糟的事，可是刚一想我就觉得行不通，非常难，不是别的原因，就是我的精神已经垮掉了。我的精神已经成了一片废墟，一堆瓦砾，无法收拾了。

实际上，那些事情还没来得及做，我就离开了上海。而且，这件事来得特别突然。

一天晚上——当时已经是冬天了——六点多种，刚刚吃过晚饭，我租的房子就来了一些人。房东老太太给他们开的门，当时我在自己的房间，一听脚步声就知道是好几个人，我吓得一激灵，以为有人找上门来了，听他们讲上海话，我才稍许放了心。老太太很快又来敲我的门，我的心再次提起来。老太太敲过门说："陶先生出来一下，居委会的人找你有事……"我不得不出来了，一看还有两个管片的民警，总共四五个人。我不知道有什么事，用眼睛问他们。其中一个人说："你是租房子的吧？把身份证和暂住证给我们看一下。”我急忙把身份证从钱夹里取出来递上去，一个片警接过去扫了一眼，然后看着我，我马上解释：“是这样，我暂住证还没办，过几天就去办……”他没理我的茬儿，问我：“你在上海几年了？”我说：“好像七年了……”他说：“在这里做什么事？”我说：“没做什么事。我这个，身体不太好……”他居然笑了一下，说：“那还在这里干吗？背井离乡的，回原籍去吧，现在就走。”我心往下一沉，一时不知怎么办好，话也不会说了：“这个，我想，这个，是这么回事……”他说：“不用说怎么回事了，跟我们走吧，楼下有车。”这么突然，感觉就像做梦，我好像还没完全反应过来，就被他们拥着往门外走去。匆忙间我说：“东西！我的东西咋办？”不知谁说道：“东西呀？好办好办，一会儿你把地址写下来，随后给你寄回去。”

楼下黑黢黢的。楼门口停着一辆车，是那种大卡车，上边已经有几个人，有的站着有的蹲着，旁边还有两个戴袖标的人，大概是治安员，守着他们。一会儿“咣当”一声，有人打开了后大厢板，然后就连拉带拽把我弄上了车，车下还有人对车上的人说：“又找到一个！”后来车开了，到了另一个小区，又上来两个人。路上我听他们议论，说这次是集中行动，是要加强对流动人口的管理，要把一些人遣返原籍。当时我倒没想别的，就是个怕，怕把我遣返回去，怕极了。我不想回去！我也不能回去！再后来，卡车就离开了我租房的区域，穿过华灯闪耀的城区，来到了一个我不知道的地方，在一个空场上停下来。这儿似乎是一个搬迁了的工厂，有一些废弃的厂房。车上的人都下来了，一个跟一个走进了那些厂房中的一间。厂房又高又阔，房顶悬挂着几盏白刺刺的日光灯，瓦数一定很大，不过因为厂房太大了，仍然显得有点儿幽暗。我到时里面已经有人了，很多，看去黑压压的，可能是厂房太大的缘故，人都显得很小，非常小，小得不可思议，甚至让人生疑。一进厂房，就听见一片嗡嗡声，可能是厂房拢音，显得声音很大，却听不出个个数，乱糟糟的。

进到厂房不久，来了一些工作人员（有的穿着制服），把大家的身份证收走了，说要进行登记，按不同的省份安排乘车。过一会儿，大概有一个小时吧，又送进来一些被子和毛毯，每个人发一样。我发到了一条被子。发东西的人里有个女青年，我现在还记得她的样子，她对我们说："夜里盖在身上，不要着凉……"对每个人都这样说。那天的确很冷，水泥地冰凉冰凉的。那天晚上我几乎一夜没睡，好像只打了几个盹儿。不是因为冷，而是心里乱，害怕，担心，紧张，无助，孤单，悲观，总之是酸甜苦辣。后来大家都睡熟了，厂房非常安静，也显得特别空旷，一阵阵寒风从打破的窗户刮进来，呜呜直响。我心里翻江倒海，不过已经不想我这荒唐的前半生了，更多是想我现在该怎么办。可我又不知道该怎么办，我只知道我无法回去，不能回去。到了后半夜，快天亮的时候，有人打起架来，因为抢香烟，一个人没烟抽了，去抢另一个人的半支烟，那个人不给，两个人就动起手来。一帮人围住他们，吵吵嚷嚷，在一边起哄。这在客观上起到了推波助澜的作用。两个人越打越来劲，直至其中一个被打倒，人们才“轰”地一下散开了。后来来了民警，把两个人都带走了。我当时还以为那人被打死了，没有，只是头上流了点儿血。不过这也够可怕的了。听我周围的人说，这些人里干什么的都有，有小偷，有捡破烂的，可能还有在逃犯。

天亮以后，给我们送来了早餐，就是盒饭，每人一个。送餐的人一到，很多就围上去了。当中一个手拿扩音器的人大声说：“大家不要急，快回到自己的位置上，每个人都有的，会发到你手上……”停停又说：“吃完以后饭盒不要乱扔，都放到门口的塑料桶里，放到塑料桶里!”饭一发下来，厂房里立刻就安静了，接着便响起了另一种声音，吃饭的声音，咀嚼声和吞咽声，铺天盖地的，声势相当巨大。可以想象，大家吃得有多么专注。吃完早饭不久，就又有工作人员进来了，仍然有人拿着扩音器，他说：“现在我们去火车站，一批一批走！我现在叫名字，叫到谁谁就走过来，把你的身份证领回去……”然后就开始叫名字。第一批之后是第二批，一批是一个省的人。叫走的人都用卡车拉到了火车站。我是第六批被叫走的，大约一百来个人，都是咱们省的，当时我还担心有人认识我，那就糟了，我偷偷地观察了一遍，发现没有，这才放心了。我们那趟车是中午十一点前后发的车，他们专门包了一节车厢，还有两个工作人员跟着我们。

火车开动了，我的心忽地往下一沉。当然，这倒不是留恋（说留恋也有一点儿），最主要的还是担心，甚至是绝望，因为看情形我是没办法逃脱的，那就只能回去了，可回去以后怎么办呢？火车咣当咣当地一路向北，偶尔会在什么车站停一下（那趟车是慢车）。每停一次就意味着又近了一点儿，我的恐惧就增加一分。但我一直也没想出逃脱的办法。不过后来我就不想这些了，我疲倦了也麻木了，心想我就听之任之吧。火车走了一个下午，一个晚上，又走了一个白天，第二天夜里才到站。车门一开，马上就有一股冷风扑进来，非常强劲。这时候，那两个工作人员站了起来，其中一个大声说："好！到站啦到站啦！现在都下车都下车！"大家纷纷站起来，伸着懒腰，向车门口移动。我猜测，大家的心情肯定都挺复杂的，不过我说不好。我磨蹭了一会儿，故意走在后面，一边走一边观察四周的情况。人们稀稀拉拉地来到站台，很快就混进旅客当中，就像鱼儿游进了水里。见此情景，我心跳一下子就加快了。我三步两步地挤过人群，以最快的速度下了车，钻进了人流里。随着人流走了一会儿，感觉好像没什么问题了，我又跳下站台，爬过铁轨，到了火车的另一侧……

我找了一个没人的地方，躲在那儿……

那天晚上真冷啊！那是我这辈子遇到的最冷的一天……

你知道，火车站内是很空阔的，从我站着的位置可以看见周围很多地方。我又是跺脚又是搓手（这样可以取暖），一边转着脑袋朝四处看。我看见了一些居民楼，家家的窗户都透出灯光，暖洋洋的，我还看见了霁虹桥，你知道，它就在火车站附近，车灯在桥上飘过来又飘过去……我要说的是，在看着居民楼的灯光时，我又想起了儿子陶器和孟芳菲，一想到他们，我心里，我心里……唉！

反正那天我连车站都没出，就搭上另一趟火车离开了——

这一次，我跑到了北京……

## 尾 声

第二天，我没到陶兴那里去。本来我是要去的，临时有事没去成。第三天和第四天也都没去。到第五天，好歹把事情处理完了，上午九点多钟，我便搭早班车急匆匆地赶到了花都区陶兴的住处。敲敲门，却没人应。我猜他是上街了，或者去市场买菜，就在楼道里等他。一等等了一个多小时，还不见他回来，我有点儿着急了，心想这人怎么了？难道出了什么事？中间还往他房间里打过电话，也没人接（他没有手机，这我知道）。因他身体不好，我还想到他是不是昏倒在哪里了（这种可能性是有的）！由此又想到他也许到医院去了，那样时间自然会长一点儿。所以决定继续等。

我从九点开始一直等到中午，都快十二点了，却始终也没见到他。我越等越着急，差不多吸掉了半盒香烟。直到后来，我才灵机一动，想到了孟芳菲，马上给她打了一个电话（我有她的手机号）。孟芳菲沉吟了一下，才说："老陶搬家了……"我有点儿吃惊，说："搬家了？怎么不告诉我一声？"孟芳菲说："不想告诉你，这是老陶的意思。"我说："怎么会这样？为什么呢？"孟芳菲迟疑了好久，讲了一件事：就在我上一次见过陶兴的第三天，傍晚，突然有人敲他住处的门。这是他最怕的事。他蹑手蹑脚来到门前，从猫眼向外一看，几个人都不认识，打扮也很怪异。他心惊胆战，差点儿吓昏过去，以为这些人是讨债的，找上门来了。他大气儿都不敢出，一步一步挪回房间，一下跌坐在椅子上，就那样坐了一整夜。次日，便搬了家。

我问："那他搬哪里去了？能告诉我吗？"孟芳菲说："不能告诉你。老陶怀疑有人走漏了风声，也许还是有意的。"我一惊，心里突然生出一种很不好的感觉：陶兴也许是在怀疑我……我本想分辩几句，或者解释一下，但怕越描越黑，就什么都没说。时间会证明一切的，况且本来我就什么都没做，我这样安慰自己。

那以后我再也没见到过陶兴，直至今日。不知道他去了哪里，不知道他近况如何。一个人就这样消失了，无影无踪。老实说，他让我牵挂！

我曾经听孟芳菲讲过，陶兴之所以离开北京到广州来，也是由于发生了这样的事：有陌生人来敲他的门。他吓得几天都没有出门，连菜都不敢出来买，天天煮挂面吃。晚上也不敢开灯，整天整夜地在沙发上坐着。

哦……

最近一段时间，我常常会想到陶兴，不知何故。每想起他，心里都特别不是滋味，酸楚，苍凉，以至于想流泪。有一天我做了一个梦。在梦中，陶兴变成了一只蝴蝶，通身黑色，飘飘摇摇地在半空中飞翔。过一会儿，那只蝴蝶突然开口说话了，它说："鲍十，我是陶兴啊！我犯了错儿……所以，我注定就要这样四处飘荡了，而且永无宁日，至死方休……"

我浑身一激灵，当即惊醒过来，感觉心里特别特别的痛，痛得直抽搐，痛得出了一身冷汗。

难道，这是真的吗？

# 鲍十主要著作目录

## 长篇小说：

1. 痴迷．哈尔滨：北方文艺出版社，2000.

2. 我的父亲母亲．北京：作家出版社，2007.

## 中短篇小说集：

1. 拜庄．哈尔滨：北方文艺出版社，1999.

2. 我的父亲母亲．北京：中国文联出版社，1999.

3. 好运之年．天津：百花文艺出版社，2002.

4. 葵花开放的声音——鲍十小说自选集（1989－2006）．天津：百花文艺出版社，2006.

5. 生活书：东北平原写生集．广州：花城出版社，2014.

6. 扮演者手记．兰州：敦煌文艺出版社，2014.

## 长篇纪实文学：

平凡的传奇（与邓良合作）．广州：花城出版社，2008.

## 电影文学剧本：

樱桃．哈尔滨：北方文艺出版社，2007.

## 外文版：

1. 道路母亲·樱桃．（日）三好理英子译．长野：日本东方出版社，2000.

2. 初恋之路·（日）盐野米松译．东京：株式会社讲谈社，2008.